Manfried Mertens

# Stilles Dangast

AF284105

## Der Autor

Manfried Mertens, geboren in Frankfurt am Main, hat Germanistik und Anglistik/Amerikanistik studiert. Er ist verheiratet und wohnt in Niedersachsen.

Eine fantastische Erzählung mit dem Titel „Unter dem Santinihaus" war 2019 sein Debüt. Als weitere Veröffentlichungen folgten der Kurzroman „Phoebe, Vera & Frank" und die historische Dokumentation „Der Staatsgefangene".

https://m-mertens.jimdosite.com/

# Stilles Dangast

## Jadebusenkrimi

Manfried Mertens

BoD – Books on Demand

Bibliografische Information der
Deutschen Nationalbibliothek:
Die Deutsche Nationalbibliothek verzeichnet diese
Publikation in der Deutschen Nationalbibliografie.
Detaillierte bibliografische Daten sind
im Internet über dnb.dnb.de abrufbar.

© 2021 Manfried Mertens

Herstellung und Verlag:

BoD – Books on Demand, Norderstedt

ISBN: 9783754308820

# Inhaltsverzeichnis

# Prolog

Wenn die Flut die Steinsäule erreicht, dann wird in Dangast am Jadebusen die Vereinigung von Land und Meer gefeiert. An diesem magischen Ort sollte Arnos Buch spielen. Der kunstsinnige Arno Calvelage hatte sich etwas ganz Großes vorgenommen. In diesem Jahr wollte er wieder einen erfolgreichen Kriminalroman schreiben. Das Jahr 2020 hatte gerade erst begonnen und es sollte ein Küstenkrimi werden.

In der Stadt Varel an der Nordseeküste bekam Lars Olbricht fast nichts mehr mit, auch nicht seinen achtundsechzigsten Geburtstag am siebten Januar. Seit er mit der fatalen Diagnose Alzheimer in das Pflegeheim gekommen war, hatte sich sein Zustand dramatisch verschlechtert. Wenn der ehemalige Maschinenbauer träumte, dann immer nur von seiner ganz großen Liebe, einer Chinesin, die seit 1979 spurlos verschwunden war. In der Gegenwart des Jahres 2020 hingegen war er schon längst nicht mehr beheimatet.

Mit täglichem Training bereitete der Mittzwanziger Edo Janssen, der auf einige Erfolge im asiatischen Kampfsport zurückblicken konnte, seinen jungen Hannoverschen Schweißhund mit dem norwegischen

Namen Trond auf die B-Prüfung für Spür- und Suchhunde vor. Beruflich war Edo Streifenpolizist beim
Polizeikommissariat Varel.

Dörthe Hagen übte nicht nur die Funktion der Dienststellenleiterin des Polizeikommissariats Nordenham
aus, sondern war außerdem die Stellvertretende Vorsitzende des BYC, also des Butjadinger Yachtclubs.
Jedermann hatte Respekt vor der resoluten Hauptkommissarin, das heißt, jeder außer Udo Harms, dem
Dienststellenleiter des Polizeikommissariats Varel.
Hauptkommissar Harms war Edos Chef.

Arno Calvelage kannte weder Lars Olbricht noch Edo
Janssen, Dörthe Hagen oder Udo Harms. Sein Ermitt-
ler sollte wieder Enno Abel sein, der damals im erfolg-
reichsten Kriminalroman des Autors den Fall in
Worpswede gelöst hatte und nun nach seiner Versetzung an die Polizeiinspektion Wilhelmshaven/Fries-
land am friesischen Jadebusen für Wirbel sorgen soll.
Arno hatte recherchiert, dass die Polizeiinspektion
Wilhelmshaven/Friesland dem Polizeikommissariat
Varel übergeordnet ist, in dessen Zuständigkeit das zur
Gemeinde Varel gehörende Seebad Dangast liegt, wo
nach den Plänen des Krimiautors ein Mord geschehen
würde. Eine Stufe höher angesiedelt ist die Polizeidirektion Oldenburg, wo sich auch die Rechtsmedizin

befindet. Über allem steht das Landeskriminalamt Niedersachsen in Hannover.

Mit diesen sachlichen Informationen versorgt, lässt sich hoffentlich besser verstehen, welche merkwürdigen Vorgänge sich am Jadebusen einerseits in der Wirklichkeit und andererseits in Arno Calvelages Phantasie abspielten.

# Begegnung im Wald

Jetzt, Ende Februar, setzte die fahle Dämmerung schon früh am Abend ein. Die knorrigen Eichen im Dangaster Geestwald reckten schwarze, kahle Äste nach oben. Jenny liebte diese Jahreszeit zwischen der Totenstarre des Winters und der Vorahnung eines Neubeginns. Bevor die Schwärze der Nacht vollends hereinbrechen würde, unternahm sie noch einen Spaziergang, ganz für sich allein. Vom Watt her ertönte der schrille Schrei eines Seevogels.

Immer wieder aufs Neue erschien es ihr wie ein Wunder, in dieser Waldeinsamkeit die nahe Nordsee spüren zu können. Der kleine Hafen von Dangast befand sich ganz in der Nähe. Hier im Wald aber hielt sich um diese Zeit im Jahr niemand auf. Jedenfalls war Jenny auf ihrem heutigen Abendspaziergang noch keiner Menschenseele begegnet. Doch als sie sich wieder auf den Rückweg zu ihrer Wohnung begab, erschien ihr ohne jede Vorwarnung eine auf seltsame Weise bedrohlich wirkende Gestalt.

In Taiwan aufgewachsen, hatte sie schon in frühester Kindheit mit Geistergeschichten Bekanntschaft gemacht. Viele Chinesen schenken solchen Erzählungen Glauben. Gerade die Insel Taiwan, das ehemalige Formosa, war in früherer Zeit vor allem wegen der Menschenfresser und Kopfjäger berüchtigt, die in der wilden Berglandschaft Jagd auf ahnungslose Opfer machten, also ein idealer Ort für Horrorfantasien.

Der alte Mann, welcher direkt vor ihr auf dem schmalen Weg im Geestwald auftauchte und sie aus tiefen Augenhöhlen wie gebannt anstarrte, konnte kein Mensch gewesen sein. Davon war Jenny auch nachträglich noch fest überzeugt, obwohl sie sich genau an so profane Details wie eine protzige Armbanduhr und eine dicke Goldkette erinnerte. Bevor das Gespenst wieder in der Dunkelheit verschwand, murmelte der Greis mit unsicherer Stimme einige Worte, die Jenny aber nicht verstehen konnte. Es mochte sich um Dänisch gehandelt haben.

In Dangast kannte man die junge Frau als Jenny Chen, wobei Jenny ihr westlicher Vorname ist. Der chinesische Name der bestens durchtrainierten und gleichzeitig grazilen Kampfsportlerin lautet Chen Hao. Hao ist in diesem Fall der Vorname und bedeutet „Die Gute". Im Chinesischen wird üblicherweise der Nachname vorangestellt, in diesem Fall also „Chen". Würde Jenny heiraten, zum Beispiel ihren Chef Dr. Rasmus Oncken, in dessen Dojo sie seit fast vier Jahren als

Co-Trainerin arbeitet, und den Nachnamen des Ehemannes annehmen, wäre Chen Hao praktisch verschwunden und eine Jenny Oncken an deren Stelle getreten.

Die schlanke und hochgewachsene Jenny besaß nicht nur ein hübsches Gesicht, sondern auch eine Figur, von der Männer jeden Alters mit Begeisterung redeten, wenn sie an Stammtischen oder bei der Chorprobe im Shantyclub von Varel unter sich waren. In dem Gebäude des Dangaster Daoistischen Zentrums bewohnte sie eine Dachgeschosswohnung mit separatem Eingang. Das Haus mit dem gepflegten Garten lag rechts von der Straße „An der Rennweide", und zwar etwas zurückgesetzt zwischen den Bäumen. Ein schmaler Weg führte dorthin. Niemand konnte sagen, in welcher Beziehung die attraktive Mittzwanzigerin zu dem etwa zwanzig Jahre älteren Dr. Rasmus Oncken stand und weder er noch sie hatten jemals irgendjemandem darüber Auskunft gegeben.

Die Qi-Gong-Kurse mit Jenny Chen waren bei den Teilnehmerinnen, Männer bildeten unter den Trainierenden immer die große Ausnahme, überaus beliebt. Leider würden auch diese Veranstaltungen im Frühjahr der Corona-Krise zum Opfer fallen. Noch aber war es nicht so weit gekommen. Man hatte zwar vom

Ausbruch einer neuartigen Viruserkrankung in der chinesischen Provinz Wuhan gehört, doch das alles schien an diesem Februarabend sehr weit entfernt.

Jenny hatte schon vor Jahren eine kleine Broschüre mit dem Titel „Yu Di" geschrieben, die in einfachen Worten Grundprinzipien des Daoismus erklärt, wie zum Beispiel die Kunst des Wu Wei, Handeln durch Nicht-Handeln, also nichts zu tun und doch alles zu erreichen. Yu Di stellt im Daoismus das höchste Prinzip des Himmels dar und gilt als Gottheit. Yu heißt auf Deutsch Jade, das ist ein kultisch verehrter Schmuckstein, der das lichte, männliche Yang-Prinzip verkörpert, Lebenskraft, Reinheit und Erhabenheit symbolisiert und eine Verbindung zwischen der irdischen und der überirdischen Sphäre ermöglicht.

Die deutsche Übersetzung für Yu Di lautet „Der Jadekaiser", was in Dangast auf eigentümliche Weise ironisch klingt, denn Künstler haben sowohl eine Statue mit dem Namen „Die Jade" an das Ufer des Jadebusens gestellt als auch einen überdimensionalen Kaiserthron errichtet. Als hätten sie den extra für ihren Chef gebaut, dachte Jenny, die inzwischen in ihre Wohnung zurückgekehrt war.

13

# Am Grenzstein

Am 20. März 2020 tauchte eine Schlagzeile in den Nachrichten auf: „Dangast und Cuxhaven wollen keine Ausflügler mehr." Der Bürgermeister der Stadt Varel, zu der Dangast gehört, forderte in einem offenen Brief: „Auch der Tourismus in Dangast muss nun zum Erliegen kommen. Gäste reisen ab, das Mutter-Kind-Heim wird geräumt. Für die nächste Zeit möchte ich den dringenden Appell äußern, den Tourismusort Dangast nicht zu besuchen, …".

Das südlichste Nordseebad überhaupt und zugleich das älteste in Niedersachsen bietet freien Blick auf das Wasser des Jadebusens, weil es auf einem bewaldeten Geestrücken liegt. Es ist der einzige Wald, der direkt an einem deutschen Nordseestrand zu finden ist. Infolge des langjährigen Kurbetriebs weist er einen parkähnlichen Charakter auf. Künstler haben diesen Ort schon früh entdeckt, gerne aufgesucht und sich auch dort angesiedelt.

Bereits am 16. März waren die Watt'n Sauna und das DanGastQuellbad geschlossen worden, ebenso der Strandcampingplatz und die Tourist-Info im Weltnaturerbeportal. Sogar die öffentlichen Toiletten standen nicht mehr zur Verfügung. Auch die überwiegende Zahl der Gastronomiebetriebe hatte die Türen zugesperrt.

Ruhig und leer war die kleine Ortschaft am Jadebusen in dieser zweiten Märzhälfte. Selbst die Nutzung einer Zweitwohnung war untersagt. Wer sich dort bereits befand, sollte bis spätestens zum 25. März abreisen. Im Vorfeld gebuchte Aufenthalte in Ferienwohnungen, Hotels und Pensionen mussten storniert werden. Am Wochenende vom Freitag, dem 3. April, bis Montag, dem 6. April, wurde sogar eine Sperrung aller öffentlichen Parkplätze in Dangast angeordnet.

Dr. Rasmus Oncken hatte sein „Daoistisches Zentrum für Körper und Geist" ebenfalls schließen müssen. In der ländlichen Umgebung der Halbinsel Butjadingen war er als Adoptivsohn eines Landarztes und einer Grundschullehrerin aufgewachsen. Schon äußerlich war zu erkennen, dass die beiden nicht seine leiblichen Eltern sein konnten. An seinem vierzehnten Geburtstag hatte die Adoptivmutter ihm mitgeteilt, dass er der Sohn einer Chinesin, die als verschollen galt, und eines unbekannten Vaters sei.

Rasmus Oncken war „Der Jadekaiser". Diesen Spitznamen bekam der friesische Eurasier aber erst viel später. Im Rahmen seines Studiums der Sinologie und fernöstlicher Philosophie, aber auch der Sportwissenschaften, hatte er sich während eines mehrjährigen Aufenthaltes in China zum Meister des Qi Gong ausbilden lassen und vor fünfzehn Jahren in Dangast sein Institut eröffnet.

Es war am Donnerstag, dem 2. April, als der Fünfundvierzigjährige beim ersten Licht des jungen Tages mutterseelenallein in der Nähe des alten Kurhauses auf der über dem kleinen Sandstrand gelegenen Promenade stehend beobachtete, wie das in den Jadebusen drängende Morgenhochwasser sich Meter um Meter des Wattbodens zurückeroberte. Als Neunjähriger hatte er bei Badeausflügen einen Oldenburger Künstler dabei beobachten können, wie dieser hier am Ufer des Jadebusens eine wuchtige, direkt an der Flutlinie aufgestellte Säule aus Granit mit dem Meißel und anderen Werkzeugen bearbeitete.

„Was wird das?", fragte der kleine Rasmus seine Adoptiveltern damals.

Die Mutter antwortete ihm: „Grenzstein, so nennt der Künstler sein Werk. Zufällig heißt der Bildhauer selbst Eckart Grenzer, so passt das wohl."

Die Grenze zwischen der See und dem Strand sollte markiert werden. Dazu wurde der etwa dreieinhalb Meter hohe Penis, denn als solcher gaben sich die 4,6 Tonnen Granit bald zu erkennen, errichtet.

Phallus, so nannte man ihn denn auch. Die ursprüngliche Bezeichnung „Grenzstein" konnte sich nicht durchsetzen. Im Übrigen war das im Jahre 1984 ein großer Aufreger. Die Bildzeitung brachte die Aufstellung des Kunstwerks mit einem Foto und der Schlagzeile „Skandal in Dangast" auf die Titelseite und auch in den Tagesthemen und im Heute-Journal wurde darüber berichtet. Was aber mag sich der Mitarbeiter einer friesischen Lokalzeitung gar bei seiner eindeutig zweideutigen Überschrift gedacht haben: „In aller Munde"? Viele in Dangast zeigten sich wütend und waren entrüstet.

Um das Niveau der Diskussion wieder ein wenig zu heben, überlegte sich der Bildhauer Eckart Grenzer einen neuen Namen für sein Objekt, nachdem der erste Vorschlag „Grenzstein" sich nicht hatte halten können. Der Strand war schließlich männlich und die See weiblich, wie es in dem schönen Chanson „La Mer" zum Ausdruck kommt. Was hier also bei jedem Hochwasser und jeder Flut aufs Neue stattfand, das war nichts anderes als eine „Begegnung der

Geschlechter". So sollte dieses Kunstwerk nun heißen.

„Like a lazy ocean hugs the shore / Hold me close, sway me more" - so sang Rasmus denn auch leise vor sich hin, als er am frühen Morgen des zweiten April das zweimal am Tage auftretende Schauspiel der Vereinigung von Wasser und Land verfolgte. Der massive Penis aus Granit dort unten wurde gerade von den Nordseewellen sanft umschmeichelt, als sich die Kälte oben auf dem gemauerten Steindeich schließlich doch ziemlich unangenehm bemerkbar machte.

Zehn bestätigte Coronafälle gab es aktuell im Landkreis Friesland. Eigentlich wenig, dachte sich Rasmus, aber offenbar ausreichend, um das Leben völlig umzukrempeln. Er schüttelte den Kopf und setzte zu einer weiteren Laufrunde durch die ihm seit langem vertraute und jetzt doch so fremd wirkende Ortschaft an. Es war kühl, nur zwei Grad über null, der Himmel zeigte sich bedeckt und eine beständige Brise wehte.

Seine hochwertige Sportjacke hielt die schneidende Kälte ab und mit jedem der schnellen Schritte in seinen geliebten Trailrunning-Schuhen fühlte Rasmus sich wohler. Am alten Kurhaus vorbei bog er nach links auf eine kleine Straße mit dem Namen „An der Rennweide" ein. Wo sich an schönen Sommertagen die Menschen auf dem kleinen Kunsthandwerker-markt im Schatten uralter Bäume nur so drängelten, dort herrschte jetzt gespenstische Leere. Die alten Hotels und Gästehäuser links und rechts der schmalen Straße waren in einen Dornröschenschlaf versetzt und drohten bald ganz unter Efeu und wildem Wein zu verschwinden, wenn die Vegetation erst wieder voll einsetzen würde.

Nein, heute wollte er nicht nach links zum Meer hin abbiegen, das man von hier aus schon wieder gut sehen konnte, sondern er folgte beim Hotel Up'n Dieck der Edo-Wiemken-Straße nach rechts. An einigen Geschäften, der Pizzeria Mamma Mia und einem Barbecue-Restaurant vorbei lief er bis zu der Ampel. Dort hätte er nach wieder nach rechts in die Sielstraße einbiegen können, wo sich gleich am Anfang das Franz-Radziwill-Haus befand.

Heute aber wandte er sich lieber nach links. „Auf der Gast" lautet der Name dieser Straße, vielleicht der Lage auf einem Geestrücken geschuldet. Leere Gästehäuser und verwaiste Ferienwohnungen säumten den Weg, seitab lagen ein Stück entfernt die Friesenhörn-Nordsee-Kliniken, denen die Beherbergung von Personen durch eine Weisung des Niedersächsischen Ministeriums für Soziales, Gesundheit und Gleichstellung im Zuge der Bekämpfung des Corona-Virus untersagt war. Die Straße führte zum bis auf Weiteres ebenfalls geschlossenen Strandcampingplatz. Dort war der morgendliche Läufer noch längst nicht angekommen, als er ein sich näherndes Polizeifahrzeug bemerkte.

# Touristen im Visier

Es war kein Aprilscherz, als am Mittwoch am Vareler Hafen einige Jugendliche ein von Dangast kommendes SUV, das sie aufgrund des Autokennzeichens HS dem durch einen heftigen Corona-Ausbruch im Anschluss an eine Fastnachtssitzung zu trauriger Berühmtheit gelangten Kreis Heinsberg in Nordrhein-Westfalen zuordnen konnten, mit Steinen bewarfen. In dem Fahrzeug befand sich eine junge Familie mit zwei kleinen Kindern. Es war klar, Touristen und Ausflügler hatten jetzt auch zu ihrem eigenen Schutz die Gegend zu meiden oder zu verlassen. Überdies galten seit einigen Tagen strenge Verbotsregeln.

Das zuständige Polizeikommissariat Varel war alarmiert. Schon seit Tagen hatten Mitarbeiter des Ordnungsamtes und der Polizei in Dangast kontrolliert. Heute, am Morgen des 2. April, fuhren Etta Frerichs und Edo Janssen dort Streife. Im Schritttempo rollten sie die Straße „Auf der Gast" entlang und hielten nach links und rechts Ausschau, ob an den Fenstern der Ferienhäuser Gesichter zu sehen waren, irgendwo Licht brannte oder sich gar verdächtigte Gestalten im Freien bewegten.

„Da vorne joggt jemand!", rief Etta, die am Steuer saß.

Edo winkte ab: „Ja, den kenn ich. Das ist der Jade-kaiser. Bei dem habe ich früher Kung Fu trainiert. Das soll er direkt in China im Shaolin-Kloster von den Mönchen dort gelernt haben, cooler Typ."

Etta musste lachen: „Jadekaiser, komischer Name. So heißt der doch nicht wirklich?"

Inzwischen waren sie an dem sportlichen Langstre-ckenläufer vorbeigefahren und Edo hatte den Jade-kaiser kurz gegrüßt. Er war Etta aber noch eine Erklä-rung schuldig: „Dr. Rasmus Oncken, wenn dir das lieber ist. Mir gefällt Jadekaiser auf jeden Fall besser. Das passt genau, denn er ist ja ein halber Chinese und ganz verrückt nach fernöstlicher Kultur. So hat er hier in Dangast 2003 sein ‚Daoistisches Zentrum für Körper und Geist' gegründet, neben dessen Eingangs-tür er zwei Jahre später noch das Schild ‚Qi Gong - Tai Chi - Kung Fu' anbringen ließ."

Schon wieder lachte Etta: „Der Jadekaiser vom Jade-busen, ich schmeiß mich gleich weg!"

Edo aber blieb ernst: „Lass ihn das bloß niemals hören, ich glaube, der Mann versteht da keinen Spaß, so freundlich und höflich er auch rüberkommt."

Im Internet findet sich folgende Information: „Das Polizeikommissariat Varel ist für den südlichen Bereich des Landkreises Friesland zuständig. Dazu gehört die Stadt Varel mit dem Nordseebad Dangast und die sogenannte ‚Friesische Wehde', nämlich die eigenständigen Gemeinden Zetel-Neuenburg und Bockhorn. Der Bereich umfaßt ca. 270 Quadratkilometer. Hier leben ca. 45.000 Einwohner. Alle drei Kommunen sind durch den Jadebusen mit der Nordsee verbunden."

Auch am Freitag machten die beiden Streifenpolizisten Etta und Edo in Dangast wieder Jagd auf Touristen und andere Übeltäter. Die beiden waren seit Jahren ein eingespieltes Team und die Zahl der Corona-Infizierten hatte weltweit inzwischen die Millionengrenze überschritten. Eine klare Ansage kam von der Leitung des Polizeikommissariats Varel:

„Wir müssen die Einhaltung der Regeln konsequent überwachen, weil einige es anscheinend nicht kapieren oder es einfach nicht kapieren wollen, worum es mittlerweile geht. Wer nicht versteht oder ignoriert, dass dies eine brenzlige Situation für uns alle ist, der wird es spätestens jetzt zu spüren bekommen. Null Toleranz heißt die Dienstanweisung mit sofortiger Wirkung."

Ab 13:00 Uhr würden an diesem Freitag, dem 3. April, alle öffentlichen Parkplätze in Dangast gesperrt sein, und zwar bis zum Montag, dem 6. April, um 09:00 Uhr. In der Zeit bis zum Beginn dieser Sperre fuhren Etta und Edo wieder im Schritttempo durch die Straßen und Gässchen des Küstenortes und hielten nach links und rechts Ausschau.

Edo war unzufrieden: „Immer nur von der Straße aus die Häuser im Auge zu behalten ist nicht genug. Früher oder später müssen wir in den Wohnungen nachschauen, ob sich dort noch jemand illegal aufhält. Ich rechne damit, dass wir spätestens am Montag den Auftrag dazu erhalten werden."

Etta überlegte: „Bei den Gästehäusern, die einen regulären Betreiber haben, dürfte das für uns relativ einfach werden. Wir gehen einfach mit ihm oder ihr von einer Ferienwohnung zur nächsten und schauen nach. Ferienhäuser und -wohnungen, die quasi als Zweitwohnsitz gelten, sind da schon schwieriger zu kontrollieren. Bei manchen gibt es einen Verwalter oder wenigstens einen Hausmeisterservice, wo man die Schlüssel bekommen kann, aber bei anderen … .‟

Edo lachte: „… werden wir die Türen aufbrechen oder ich muss meine Spezialtechnik zum Einsatz bringen, mit der ich fast jedes Schloss öffnen kann.‟

Trotz der durch die Pandemie ausgelösten Krise waren die beiden Streifenpolizisten jetzt ausgesprochen guter Laune und Etta stellte eine wichtige Frage: „Was hat jetzt eigentlich alles in Dangast geschlossen?‟

Edo zählte auf: „Neben dem Kurhaus Dangast und der Kurklause haben unter anderen Zum Störtebeker, das Restaurant Heewen, der Imbiss Satt am Watt, das Fischrestaurant Haus Gramberg, die Zweite Heimat und die Pizzeria Mamma Mia, der Stellaz-Grill und das Strandhotel Dangast geschlossen. Was öffentliche Einrichtungen angeht, fallen mir das Quellbad, das Weltnaturerbeportal mit der Touristinfo und den öffentlichen Toiletten sowie das Nationalpark Haus ein.‟

„Wow, das ist ja fast alles, was es in Dangast überhaupt gibt!‟, staunte Etta und ergänzte: „Das Franz-Radziwill-Haus hat aber auch seine Pforten dichtgemacht.‟

„Stimmt," murmelte Edo, „das hatte ich vorhin glatt vergessen."

Die Jagd auf Touristen, zu der sie aufgebrochen waren, schien ergebnislos zu verlaufen, so leer war der Ort, wie ausgestorben. Polizeidienst kann langweilig sein, selbst in außergewöhnlichen Zeiten wie diesen.

Auch die öffentlichen Parkplätze erwiesen sich als völlig verlassen, nachdem am letzten Wochenende beim Quellbad noch einige 30-Euro-Knöllchen verteilt werden konnten, gönnte man heute den beiden Ordnungshütern überhaupt nichts. Wieder einmal kein Jagderfolg! Wie schon am Donnerstag, als sie nicht einen Touristen oder Tagesausflügler hatten zur Strecke bringen können!

Selbst der Jadekaiser schien heute keine Runden zu drehen, obwohl er für sein Laufpensum eigentlich berüchtigt war. Wahrscheinlich vertrieb er sich die Zeit mit meditativem Qi Gong in seinem Dojo. Über den Daoismus hatte er häufig Vorträge gehalten, als Edo noch selbst zum Kung-Fu-Kader gehörte. Ja, die Deutsche Wushu Federation! Das Wort Wushu fand Edo sehr lustig, dabei war es lediglich eine Sammelbezeichnung für chinesische Kampfkünste und

Gesundheitssport. Eine Bemerkung wollte er noch loswerden:

„Seit dem 25. Januar sind wir im Jahr der Ratte. Das sagt jedenfalls der chinesische Kalender."

# Ein stiller Gast

Mit dem chinesischen Neujahrsfest hatte nicht nur das Jahr der Ratte begonnen, sondern zugleich ein neuer Zeitkreis seinen Anfang genommen, der zwölf Jahre umfassen würde. Dr. Rasmus Oncken fragte sich, was die Zukunft wohl bringen würde.

Im Garten des repräsentativen Landhauses, welches sich südlich der Stadt Aarhus in der Nähe von Schloss Merselisburg, der Sommerresidenz der dänischen Königin, befand, waren die Schneeglöckchen und die prächtigen blauen und gelben Krokusse schon längst verblüht. Vor seiner sorgfältig geplanten Abreise hatte der dänische Greis noch einen letzten Blick auf sein Haus und den schönen Garten geworfen. Jetzt wären dort Tulpen, Hyazinthen und Osterglocken dran und im Wasser des stillen Teiches würden sich Narzissen spiegeln.

Seit mehr als zehn Wochen war er jetzt schon bei dem Qi-Gong-Meister zu Gast, der ihn so freundlich und diskret aufgenommen hatte. Im Keller des Daoistischen Zentrums gab es eine geheime Wohnung, perfekt klimatisiert und mit den modernsten sanitären

Einrichtungen versehen, aber äußerst spartanisch eingerichtet, mönchisch eben, so wie der Däne es wollte.

Seine Goldkette und die teure Armbanduhr hatte er abgelegt und die übliche Kleidung gegen einen schwarzen Tai-Chi-Anzug getauscht, den ihm Dr. Rasmus Oncken zusammen mit den dazu passenden flachen Schuhen ausgehändigt hatte. Meditation, leichte Speisen und altüberlieferte Übungen unter Anleitung des Meisters bestimmten die Tage des stillen Gastes. Seine Albträume aber waren geblieben.

Diese hatten mit der Vergangenheit zu tun. Als damals im Jahre 1969 Dänemark als erstes Land der Erde die Bildpornographie legalisiert hatte, erkannte der junge und ambitionierte Filmschaffende seine Chance. Er war bereits Ende zwanzig und wollte nun das ganz große Geld verdienen. So produzierte er vor allem für den deutschen Markt, wo seine Produkte unter der Ladentheke reißenden Absatz fanden, und das nicht nur auf St. Pauli. Etwa sechs Jahre lang ging diese Rechnung für ihn auf und 1975, kurz bevor in Deutschland die Pornographie ebenfalls legalisiert wurde, konnte der Pornokönig, wie man ihn in einschlägigen Kreisen nannte, schließlich sein prachtvolles Anwesen in der Nähe von Schloss Merselisburg erwerben.

Das Geschäft war nun nicht mehr so leicht für ihn, denn Dänemark hatte auf diesem speziellen Gebiet seine Alleinstellung verloren. So ließ er sich schließlich zu Produktionen hinreißen, von denen man besser die Finger gelassen hätte. Besonders ein gewisser Film, den er zu verantworten hatte, verfolgte ihn, den dänischen Pornokönig der siebziger Jahre, jetzt in seinen Träumen. Damals hatte er eindeutig und irreversibel eine Grenze überschritten.

Professionelle Hilfe versprach er sich nun von Dr. Rasmus Oncken. Er hatte sich mit der dringlichen Bitte an den Qigong-Meister gewandt, ihn von seinen Albträumen und Schlafstörungen zu befreien und ihm die verlorene Seelenruhe zurückzugeben. Im daoistischen Zentrum wollte er sich den Weg zum inneren Frieden zeigen lassen. Niemand ahnte etwas davon, dass im stillen Dangast ein solch problematischer Gast beherbergt wurde.

# Arnos Recherche

In der Kreisstadt Cloppenburg im Südoldenburgi-
schen saß Arno Calvelage noch spät in der Nacht am
Schreibtisch seiner Dachgeschosswohnung unweit des
Museumsdorfes und ging eine unordentlich hingekrit-
zelte Liste durch. Sein Vollbart war ganz schön lang
geworden, das angefangene Schreibprojekt hatte leider
kaum an Umfang zugelegt, ganz im Gegensatz zu
Arnos Bauch. Der Junggeselle seufzte leise und rückte
seine runde Nickelbrille zurecht.

Am Freitag wollte er sich verschiedene Ferienhäuser in
der Störtebekerstraße ansehen. Die hatte er sich
bewusst ausgesucht, denn sein Krimi sollte an der
Küste spielen und der Name eines Seeräubers würde
die gewünschten Assoziationen bei der Zielgruppe
wecken. Außerdem sollte eines dieser Ferienhäuser der
Tatort sein.

Ach ja, die Störtebekerstraße befand sich eine gute
Autostunde von Cloppenburg entfernt, genauer gesagt
im Nordseebad Dangast am Jadebusen. Demnächst
würde Arno, der als Schriftsteller im Landkreis Cloppenburg eine Lokalgröße war, an der Küste vor Ort
recherchieren müssen.

Dumm nur, dass es ausgerechnet jetzt diese Corona-Pandemie gab! Die Leipziger Buchmesse hatte ausfallen müssen, alle Buchläden waren geschlossen und die lukrativen Lesungen musste der Autor auf unbestimmte Zeit absagen. Das bedeutete unter anderem, dass seine Verdienstmöglichkeiten stark gesunken waren. Bereits im März hatte er erheblich weniger Bücher verkaufen können als sonst üblich.

Damit es weitergehen konnte, war es jetzt ganz wichtig, ein Ferienhaus zu finden, das sich als Ort des Verbrechens eignete. Es sollte auch einige markante Merkmale aufweisen und sich vor allen Dingen gut und einprägsam beschreiben lassen.

Auf Arnos Liste standen außerdem die Namen von Künstlern wie Erich Heckel, Karl Schmidt-Rottluff und Max Pechstein, die samt und sonders Mitglieder der im Jahre 1905 in Dresden gegründeten Künstlergruppe „Die Brücke" waren. Im „Hullmann'schen Haus" residierte der expressionistische Maler Erich Heckel von 1908 bis 1910 und im „Haus Gramberg", das heute ein Fischrestaurant beherbergt, wohnte sein Kollege Karl Schmitt-Rottluff zwischen 1909 und 1912, wenn er in Dangast malte. Damals hieß das Gebäude noch „Parkschloss" und teilte mit dem

„Hullmann'schen Haus" die Adresse „An der Rennweide".

In dem neuen Buch sollte das Verbrechen wieder etwas mit Kunst zu tun haben, wie Arno Calvelage es schon einmal sehr erfolgreich in seinem Worpswede-Krimi praktiziert hatte, der sogar vom NDR verfilmt wurde. Nach dem gleichen Muster wollte er jetzt auch seinen neuen Kriminalroman stricken.

Der bereits im Teufelsmoor bei Bremen zum Einsatz gekommene Hauptkommissar Enno Abel, meist nur beim Vornamen genannt, ermittelt nach seiner Versetzung an die Polizeiinspektion Wilhelmshaven/Friesland nun am friesischen Jadebusen. In Dangast bekommt Enno, übrigens Calvelages Lieblingsfigur, es mit einem Ferienhausmörder zu tun, der in der Abwesenheit der Eigentümer ein leerstehendes Feriendomizil als Tatort wählt und damit rechnet, dass es lange dauern wird, bis man die Leiche findet.

Die Nazi-Vergangenheit des berühmtesten Dangasters, natürlich ist damit der 1983 verstorbene Künstler Franz Radziwill gemeint, sollte auch eine Rolle in dem geplanten Krimi spielen. Das Franz-Radziwill-Haus an der Sielstraße hatte Calvelage vor Jahren schon einmal besucht, aber für sein aktuelles Schreibprojekt wollte er noch einmal genauer recherchieren und deshalb am Karfreitag, allen Widrigkeiten und Verboten zum Trotz, mit seinem kleinen Fiat an den Jadebusen fahren.

Die gute Kamera wollte Arno mitnehmen, um aussagefähige Fotos schießen zu können, mit deren Hilfe er die notwendigen Beschreibungen der Gebäude und der Landschaft bewerkstelligen konnte. Wie wirkte sich das Licht auf dem freiliegenden Wattboden aus, wenn die Schlickbänke in der Sonne glänzten? Würde er es wagen dürfen, bei Flut lauter kleine Diamanten in der Bucht funkeln zu lassen? Gemeint waren natürlich die Lichtreflexe auf dem Wasser. Vom Strand aus wollte er auch ein Bild vom gemauerten Steindeich machen, hinter dem das alte Kurhaus und die Wipfel des Geestwaldes zu sehen waren.

# Der Ferienhausmörder

Und wie würde der Fall des brutalen Ferienhausmörders enden? Selbstverständlich überführen Enno und sein Team schließlich den Täter, am besten einen gescheiterten Künstler, mit Hilfe akribischer Spurensicherung und modernster Methoden der Forensik. Der untrügliche Instinkt des Kommissars würde bei der Aufklärung wieder die entscheidende Rolle spielen. Auch der trockene norddeutsche Humor sollte nicht zu kurz kommen. Mit gekonnt platzierten plattdeutschen Einlagen würde der Erfolgsschriftsteller seinem Schreibprojekt die nötige Authentizität verleihen.

Ansonsten konnte Calvelage auf die bewährten Rezepte setzen. Dreh- und Angelpunkt würde, wie bereits im Worpswede-Krimi, die Dorfkneipe sein, wo es galt, aus Gerede und Gerüchten die Wahrheit herauszudestillieren. Gutes Wort, Kopp in Nacken! Moment, warte mal eine Minute! Wo war in Dangast überhaupt die Dorfkneipe? Der Schriftsteller musste sich eingestehen, dass er keine Ahnung hatte. Wo trafen sich in dem kleinen Nordseebad die Einheimischen? Im Moment ja wohl gar nicht. Selbst wenn er die Kneipe oder den Krug, das klang norddeutscher, ausfindig machen konnte, während des Corona-Lock-downs wäre dort sowieso geschlossen.

Nun ja, außerdem sollte sich das niedersächsische LKA in den Fall des Ferienhausmörders einmischen, eine Entwicklung, wie sie einem Platzhirsch wie Hauptkommissar Enno ganz und gar nicht in den Kram passte. Die arroganten Schnösel aus der Landeshauptstadt Hannover würde der gerissene Fahnder ganz schön auflaufen lassen. Schließlich kannte er Land und Leute weitaus besser.

Die Liebe oder wenigstens der Sex, so etwas in der Art sollte in dem neuen Buch auch nicht zu kurz kommen. Wie das in diesem Fall aber konkret gehen sollte, darüber war sich Arno Calvelage noch nicht ganz im Klaren, nur dass es den Erfolg des Krimis mit Sicherheit steigern würde. Vielleicht wurde in dem Ferienhaus sogar ein illegales Bordell betrieben und der Tote war dort Kunde gewesen? So eine Frage kann man ja mal in den Raum stellen und damit beim Lesepublikum das Kopfkino einschalten.

Oder war Enno verliebt? Nach seiner Versetzung an die Polizeiinspektion Wilhelmshaven/Friesland hat er dort eine schnuckelige Kollegin klargemacht (so durfte Arno das selbstverständlich nicht formulieren), die leider verheiratet ist, aber Eheprobleme hat und deshalb bei dem neuen Kollegen Trost sucht. Arno sah die beiden schon genau vor sich. Seine Fantasie galoppierte, doch mit dem Schreiben wollte es auch in dieser Nacht wieder nicht klappen.

Den Kopf voller Ideen und trotzdem bedroht von einer schweren Schreibblockade, so widersprüchlich stellte sich Arno Calvelages momentane Situation dar. Vor-Ort-Recherche war die einzige Option. Abgesehen davon teilte er in Zeiten der Corona-Krise das Schicksal vieler Kreativer, denen der stillgelegte Kulturbetrieb das Leben erheblich erschwerte, obwohl ihm auf der anderen Seite natürlich auch mehr Zeit zur Verfügung stand.

# Die Shanty Shouters

Hauptkommissar Udo Harms war bekannt als mürrisch und verschlossen. Selbst seine Ehefrau wunderte sich oft über Udos Schweigsamkeit. Nur wenn er mit seinem Chor, den Shanty Shouters Varel, probte oder auftrat, ging er aus sich heraus und man konnte eine andere Seite des Polizeibeamten wahrnehmen. Udo liebte die echten Sea Shantys, die man auf keinen Fall mit gemütlichen Seemannsliedern verwechseln darf. Der zum größten Teil englischsprachige Name des Chores ist der Tatsache geschuldet, dass die echten Shantys überwiegend in dieser Sprache gesungen wurden und werden. „Shouters" sind eine besondere Form der Sea Shantys und auch die Sänger selbst können so bezeichnet werden. Die letzte Probe hatte am 23. Februar stattgefunden.

Udo Harms erinnerte sich noch genau, wie damals in der Pause über einen betagten Dänen gesprochen wurde, der auf einer Yacht mit dem Namen „Crown" nach Dangast gekommen war. Der Greis mit Rolex und Goldkette war auf jeden Fall sofort aufgefallen. Die Sangesbrüder tippten auf Verbindungen ins Milieu und einige glaubten sogar, eine ehemalige Kiezgröße erkannt zu haben. Woher der Däne kam und wohin er verschwunden war, konnte allerdings niemand sagen.

Der Chorleiter hatte an jenem Abend ein neues Stück vorgestellt, das „Yangtse River Shanty", welches sie gemeinsam üben sollten. Udo Harms erinnerte sich noch ganz genau an die interessanten Erläuterungen, die ihnen dazu gegeben wurden. Shanghai liegt im Mündungsgebiet des Jangtsekiang. Unter Seeleuten bezeichnete das Wort „Schanghaien" das gewaltsame Rekrutieren, auch „Pressen" genannt. Mit dieser Praxis hat das „Yangtse River Shanty" allerdings nichts zu tun.

Das Lied stammte ursprünglich aus der Folk Opera „Sailor with Banjo" (1930) des schottischen Dichters und Offiziers der Royal Navy Hamish MacLaren.

O I'll never see my lotus lady more,
Away boys, walk away together!
Since I left her by the shore, the China shore,
Thrice again for luck and better weather!

Sweetest river flower, my Yangtse honey,
Walk away boys, walk away!
She was my good girl, she took my money,
Away boys, lift and walk away!

Das waren die ersten zwei Strophen, die in der Originalfassung mehr an ein Gedicht als an ein echtes Sea Shanty erinnerten. Udo Harms konnte sich noch genau daran erinnern, wie von Shantysängern die ursprünglichen Worte des Dichters später in eine vereinfachte und besser singbare Version umgewandelt wurden:

My lotus lady I will see no more
Away boys, away-o
Since I left her on the China shore
Away, boys, lift and walk away

Chorus:
Away, boys, away-o
Blow me down that Yangtse River
Away, boys, lift and walk away

Vor allem durch diesen gemeinschaftlich gesungenen Refrain war aus der ursprünglichen Dichtung ein echtes Arbeitslied geworden, so wie es früher von Seeleuten als sogenanntes Pump oder Haul Shanty gesungen wurde.

Jetzt vermisste der Hauptkommissar seine Sangesbrüder sehr, denn leider mussten im Zuge der Corona-

Krise auch die wöchentlichen Chorproben ausfallen, weil gerade das gemeinschaftliche lautstarke Singen große Infektionsgefahren mit sich brachte. Darauf hatte in einem vorsorglichen Rundschreiben an alle Chormitglieder auch Udos Hausarzt und Sangesbruder Dr. Eike Fischer hingewiesen, der mit seinem Unisex-Vornamen als Friese das Schicksal von Italienern mit Namen wie Andrea oder Gabriele teilte. Wenn jemand ihren Chor als frauenfeindlich bezeichnete, weil dort ausschließlich Männer sangen, kam prompt die Replik: „Was wollt ihr denn? Eike darf bei uns auch mit-singen!"

An jenem Abend im Februar wurde aber schnell wieder in Erinnerungen an alte Zeiten geschwelgt. Die Sänger im Chor waren stolz auf den Hauptkommissar in ihrer Mitte, den langen Udo, wie sie ihn nannten.

Seinen legendären Ruf hatte Udo Harms schon früh erworben, genauer gesagt, noch bevor Eckart Grenzer den riesigen Penis an den Strand vor dem alten Kur-haus stellte. Damals in den frühen achtziger Jahren war Dangast ein beliebtes Ziel bei zahlreichen Motor-radfreunden, die ihre schweren Maschinen auf dem Waldparkplatz abstellten, um es sich auf der Terasse des Kurhauses gemütlich zu machen. Auch echte Rocker, schwere Jungs und Rotlichtgrößen waren vertreten, denn Dangast galt in ihren Kreisen als eine Art Hideaway und Ruheort, wo es denn auch meist sehr friedlich zuging.

An einem heißen Sommertag jedoch gerieten die Präsidenten zweier verfeindeter Clubs auf dem Parkplatz in Streit über die Frage, wer beim Einparkmanöver gerade wessen Maschine angerempelt habe. Udo Harms, ein Hüne von fast zwei Metern Körpergröße und außerdem sehr erfolgreich im Ringsport, war noch ganz frisch im Polizeidienst und griff beherzt ein, bevor die Auseinandersetzung eskalierte. Die Members beider Clubs sahen interessiert zu, wie der große Udo den einen der beiden Präsidenten mit der rechten Faust am Nacken packte und in die Luft hob. Der andere Rockerboss wurde von dem jungen Polizeibeamten mit der linken Faust ebenfalls in die Höhe gehievt.

Dazu sprach Udo Harms ganz fürsorglich und mit sanfter Stimme: „Wenn ihr jetzt beide wieder lieb seid, dann lässt euch der Onkel auch runter."

Die im Schatten der hohen Bäume versammelten Rocker mussten unwillkürlich lachen und einige klatschten dem beherzten Polizisten sogar Beifall. Die ansehnliche Rockerbraut Wiebke Plagge verliebte sich jedenfalls auf der Stelle in den Helden des Tages und wurde einige Wochen später Udos Frau. So jedenfalls erzählten es die Sangesbrüder des Polizeibeamten damals bei der Probe im Shantychor und die mussten es ja wissen. Zumindest für sie war ihr Hauptkommissar Udo Harms eine lebende Legende für die Ewigkeit.

Der lange Udo erinnerte bei jener Chorprobe daran, dass es in den siebziger Jahren auch im beschaulichen Wilhelmshaven eine geheimnisvolle Lotus-Lady gegeben hatte, die aber schon vor seiner Zeit als Polizeibeamter spurlos verschwunden war.

„Ja", sagte der Chorleiter, „sie soll nach Dänemark gereist sein und ist niemals zurückgekehrt. Eigentlich wurde sie erst durch ihr Verschwinden, über das in der Presse und sogar im Fernsehen berichtet wurde, so richtig bekannt."

Der dicke Hein aus Dangastermoor nickte und rief:

„Und jetzt haben wir aber wieder eine Lotus-Lady hier am Jadebusen."

Lüder aus Langendam musste lachen:

„Ja, die kleine Trainerin aus dem Dangaster Dojo. An die kommt aber keiner ran."

Udo Harms räusperte sich, bevor er sagte: „Da wäre ich auch sehr, sehr vorsichtig. Die liebe Jenny ist ein Ass im Kung Fu."

Mit allgemeinem Gelächter endete die Pause und anschließend sangen die Männer von der Küste das „Yangtse River Shanty" so richtig laut, denn schließlich hießen sie ja nicht umsonst die „Shanty Shouters Varel", wobei das Wort „Shouters" getrost dick unterstrichen werden darf.

Apropos „dick", der dicke Hein hatte in den letzten Jahren erfolgreich abgespeckt und sich als Powerseller auf Ebay ein neues Standbein aufgebaut, nachdem der ererbte Bauernhof in den Ruin geraten war. Sein alter Spitzname aber war geblieben.

# Dreihundert FFP3-Masken

Aus dem St. Johannes-Hospital in Varel waren sechzig Pakete mit jeweils fünf hochwertigen FFP3-Atemschutzmasken spurlos verschwunden, ein neuer Fall für das örtliche Polizeikommissariat.

„Was bedeutet denn dieses FFP?", rief Hauptkommissar Udo Harms laut in die Runde.

„Filtering Face Piece, das ist doch einfach!"

Der zufällig anwesende Streifenpolizist Edo Janssen war wieder einmal vorlaut, was sein oberster Vorgesetzter mit zusammengezogenen Augenbrauen und einem finsteren Blick aus stahlblauen Augen quittierte.

„Dann weist du auch sicher schon, wie hoch die auf dem Schwarzmarkt gehandelt werden, Edo?"

„Dreißig Euro pro Stück kann man angesichts der Corona-Pandemie und der damit verbundenen Knappheit für solche professionellen Masken im Internet schon verlangen. Der Dieb kann somit leicht 9.000 Euro erzielen, das lohnt sich schon."

Edo Janssen war sichtlich stolz auf sein Wissen. Er wusste, dass viele Leute sich vor dem Virus schützen wollten und bereit waren, auch Fantasiepreise zu zahlen. Die dreißig Euro waren also eine sehr vorsichtige Schätzung.

Udo Harms machte eine Ansage: „Jeder der hier Anwesenden schaut von jetzt an so oft wie möglich ins Internet, denn wir haben hier ja keine Planstelle für einen Internet-Fahnder oder IT-Spezialisten. Ich bin gespannt, wer von euch die Masken zuerst entdeckt."

Es war natürlich Edo, dem die Masken auf Ebay ins Auge stachen. Die Adresse des Verkäufers war schnell ermittelt und neben Etta war auch Udo Harms mit von der Partie, als sie von Varel aus über Langendam nach Dangastermoor fuhren, das sich fast übergangslos an Langendamm anschloss. Edo konnte seinen Mund wieder einmal nicht halten.

„Weil das Gelände für Fuhrwerke unpassierbar war, wurde einstmals ein langer Damm von Varel nach Dangast gebaut. So erhielt die Ortschaft Langendam ihren Namen und Dangastermoor heißt so, weil der Weg nach Dangast an dieser Stelle durch ein Moor führte."

„Erzähl mal was Neues!", lachte Etta, die befürchtete, dass Edos Wichtigtuerei den Chef auf die Palme bringen würde. Udo Harms hatte dieses Mal jedoch überhaupt nicht zugehört, denn ihn quälte ein persönliches Problem bei diesem Einsatz.

In der Ortsmitte von Dangastermoor bog Etta scharf nach links ab. Es ging zu einem ziemlich abgelegenen Resthof, der sich westlich der Ortschaft hinter einigen windschiefen Bäumen versteckte. Dort wohnten der dicke Hein, Udos Sangesbruder, und seine Frau, die als Reinigungskraft im St. Johannes-Hospital in Varel arbeitete.

Der Fall war schnell gelöst. Die FFP3-Atemschutzmasken hatte Heins Ehefrau in Varel mitgehen lassen und der umtriebige Powerseller wollte damit auf Ebay einen schnellen Euro machen. Fünfzig Pakete konnten sichergestellt werden, aber zehn hatte der dicke Hein bereits vertickt und an Kunden geschickt.

„Es hilft ja nix", sprach der Hauptkommissar, „also ich muss euch beide jetzt auf das Kommissariat bringen lassen, da beißt die Maus keinen Faden ab. Was habt euch nur gedacht? Diese Masken werden doch dringend gebraucht, wenn das mit dem Virus hier so richtig losgeht."

Es tat Udo einerseits leid, einen guten Bekannten verhaften zu müssen, aber auf der anderen Seite ärgerte er sich auch darüber, dass der dicke Hein, der schon lange nicht mehr wirklich dick war, und seine Frau die Vareler Polizei und damit natürlich auch ihn für so unfähig halten konnten.

Man wartete noch eine halbe Stunde, bis ein Fahrzeug des Polizeikommissariats Varel die Straftäter abtransportierte. Der Maskendiebstahl war aufgeklärt. Es würde einige Verhöre geben, Berichte mussten geschrieben werden, bevor die Sache in die Hände von Untersuchungsrichter und Staatsanwaltschaft überging.

Anschließend fuhren die drei Polizisten mit Ettas und Edos Streifenwagen wieder zurück. Während ihr Chef Udo Harms trotz des schnellen Fahndungserfolgs wieder einmal so richtig schlecht gelaunt war, beschäftigte die beiden jungen Beamten noch etwas anderes.

„Meinst du, wir können das Virus auch kriegen?"

Nachdem Etta diese Frage in den Raum gestellt hatte, versuchte Edo auf der Fahrt zurück in die Stadt Varel eine qualifizierte Antwort zu geben.

„Es kommt darauf an. Stark verbreitet ist Corona hier im Kreis Friesland ja noch nicht. Auf der anderen Seite hat man als Polizist natürlich schon viel Kontakt mit anderen Menschen, auch mit Fremden."

Etta dachte über die Masken nach.

„Können solche Masken eigentlich wirklich schützen?"

Da musste Edo schmunzeln und begann seine Antwort wieder mit den gleichen Worten.

„Es kommt darauf an. Solche FFP3-Masken, wie der dicke Hein sie verticken wollte, schützen fast zu einhundert Prozent, sowohl den Träger als auch alle anderen. FFP2-Masken sind da nicht ganz so gut und die sogenannten Alltagsmasken, die man sich auch selbst nähen kann, bewahren dich kaum vor Ansteckung, aber sie tragen zur Sicherheit der Mitmenschen bei, weil die Tröpfchen nicht mehr ungehindert durch die Luft fliegen können, sondern im Stoff oder im Papier hängenbleiben."

Etta dachte sich, dass Edo mit seinem Wissen fast im Fernsehen auftreten könnte. Die professionellen

Experten hatten auch nicht mehr anzubieten. Obwohl sie ihn für einen Besserwisser hielt, fühlte sich Etta wohl an seiner Seite, denn sie hatte großes Vertrauen zu ihrem Kollegen.

# Gedenke meiner, Sohn

An diesem Freitag, dem 20. März, war schon Frühlingsanfang. Dr. Rasmus Oncken erinnerte sich daran, wie etwa um diese Zeit vor achtzehn Jahren die Theater-AG des Gymnasiums sich an einer Hamlet-Inszenierung versucht hatte. Ihm, dem auf mancherlei Art spektakulären Außenseiter, war die Hauptrolle zugefallen und folglich hielt er als Prinz von Dänemark auf der Bühne Zwiesprache mit dem berühmten Totenschädel. Tausendundeine Möglichkeit hatte er durchprobiert, wie nun der Satz „Sein oder Nichtsein, das ist hier die Frage" angemessen zu intonieren sei und war doch nie zufrieden gewesen, trotz tosenden Szenenapplauses, der an dieser Stelle ein jedes Mal die Aufführung empfindlich störte. Die Schülerschaft war halt der Ansicht, dass ihr lautes Geklatsche noch immer das Beste am Theater war.

Mit der Erinnerung an das Geräusch dieses rauschenden Beifalls schlief Rasmus ein und das Shakespeare-Drama nahm er mit in seinen Schlaf. Wort- und Satzfetzen aus der Tragödie mischten sich in das Traumgeschehen, zum Teil fast wortgetreu erinnert. Auf eine seltsame Art aber war alles ganz anders als bei Shakespeare. Natürlich erschien auch ihm ein

Geist, aber in dem Traum, der Rasmus heimsuchte, war es eine überirdisch wirkende Frauengestalt.

„Ich bin der Geist deiner Mutter, dazu verurteilt, eine bestimmte Zeit bei Nacht herumzuirren, und den Tag über in Flammen zu schmachten, bis die Sünden meines irdischen Lebens hinweggefegt sind. Wäre es mir nicht verboten, ich könnte dir Dinge erzählen, die deine Seele zermalmen und dein Blut erstarren ließen."

So würdevoll und schön hatte sich Rasmus seine leibliche Mutter immer vorgestellt. Doch das waren ja furchtbare Worte, die er aus ihrem Munde vernahm. Welch schreckliches Los war ihr zugeteilt worden? Auf seine drängenden Fragen antwortete ihm das Gespenst:

„Horch, horch, o horch auf! Wenn du jemals Liebe zu deiner Mutter getragen hast, so räche ihre schändliche, höchst unnatürliche Ermordung!"

„Wovon sprichst du da?", wollte der Sohn wissen.

„Jeder Mord ist höchst schändlich; aber dieser ist mehr als schändlich, unnatürlich und unglaublich. Gedenke meiner, Sohn!"

Damit verschwand der Geist und Rasmus schreckte aus seinem Alptraum auf. Das Schlimme war, es fühlte sich gar nicht an wie ein Traum. Er wusste, dass er einen Weg finden musste, um seine Mutter zu rächen. Ein Zauderer wie Hamlet wollte er nicht sein und Jenny taugte gewiss nicht für die Rolle einer Ophelia.

Der alte Mann war aus Dänemark gekommen, bereits vor einem Monat. Außer Rasmus kannte niemand den Grund der Reise und kein Mensch wusste, wo in Dangast der Däne die letzten Wochen verbracht hatte, denn die schalldicht verkleideten hinteren Kellerräume des Instituts waren selbst für Onckens im gleichen Haus lebende Assistentin tabu. Jenny hatte keine Ahnung, dass es diese Räume überhaupt gab, deren Eingangstür durch eine Regalwand getarnt war. In einem sparsam möblierten Raum konnte sich der stille Gast aus Dänemark durch Buße und Meditation auf die nächsten Schritte vorbereiten. So war das bereits vor der Fahrt nach Dangast zwischen Dr. Rasmus Oncken und dem Dänen vereinbart worden. Letzterer hatte sich über das Internet mit der Bitte um spirituellen Beistand an den Meister gewandt.

# Hausdurchsuchung

Palmsonntag, der letzte Sonntag vor Ostern, war ein sonniger Tag, wie geschaffen für Ausflüge und Niedersachsen hatte im Unterschied zu nahezu allen anderen Bundesländern noch keinen entsprechenden Bußgeldkatalog. Trotzdem blieben in Dangast und Umgebung, abgesehen von dem dreisten Maskendiebstahl, besondere Vorfälle im Wesentlichen aus, mit einigen kleinen Ausnahmen.

Bereits am Samstagnachmittag befuhren im benachbarten Bockhorn, wie es im Polizeibericht heißt: „(...) zwei männliche Personen auf ihren Quads das Naturschutzgebiet Neuenburger Holz. Zeitweise hatte einer der Fahrer sein geländegängiges Fahrzeug sogar festgefahren. Das Führen von Kraftfahrzeugen sowie das Stören der Ruhe und der Tierwelt durch Lärm ist in Naturschutzgebieten untersagt. Die Fahrzeug-Führer konnten namhaft gemacht werden. Die Polizei in Varel hat die Ermittlungen, unter anderem wegen des Verstoßes gegen das Bundesnaturschutzgesetz, aufgenommen."

In Dangast selbst bauten in der Nacht zum Sonntag, wie die Polizei mitteilt, „(...) bislang unbekannte Täter die durch die Stadt Varel im Ortsteil Dangast an unterschiedlichen Örtlichkeiten aufgestellten Verkehrseinrichtungen zur Parkplatzabsperrung beziehungsweise Durchfahrtregulierung ab und stellten sie teilweise an anderer Stelle wieder auf. Ein Strafverfahren, unter anderem wegen gefährlichen Eingriffs in den Straßenverkehr, wurde eingeleitet. Zeugen wurden gebeten, sachdienliche Hinweise der Polizei in Varel mitzuteilen." Die Einfahrtschranke zum Ferienareal „Nordsee Park Dangast" wurde in der Nacht zum Sonntag ebenfalls beschädigt.

Mehr als dieser Vandalismus oder Schabernack, je nach Auslegung, war vom Wochenende aber nicht zu vermelden. Die dritte Woche für Deutschland im künstlichen Koma nahm damit ihren Anfang. Am Montag, dem sechsten April, überschritt die Zahl der Infizierten im Lande die Marke von 100.000 und das herrliche Frühlingswetter hielt an.

Es heißt im „Grundgesetz für die Bundesrepublik Deutschland, Art 13: (1) Die Wohnung ist unverletzlich. (2) Durchsuchungen dürfen nur (…) bei Gefahr im Verzuge (…) durchgeführt werden. (…)". Offenbar war Gefahr im Verzuge, denn Edo und Etta erhielten ganz offiziell den Auftrag, die Häuser und Ferienwohnungen aufzusuchen, wo sich womöglich deren Eigentümer noch illegal aufhielten. Eine Anzeige aus der unmittelbaren Nachbarschaft war eingegangen mit dem Hinweis auf ein Ehepaar aus dem Ruhrgebiet, beide über 80 Jahre alt, also absolut zur Risikogruppe gehörend, und seit mehr als dreißig Jahren im Besitz des Ferienhäuschens, welches die beiden Polizeibeamten heute inspizieren sollten. Es war Dienstag und die Sonne schien, als ob auf der ganzen Welt alles in bester Ordnung wäre.

Als sie am Morgen gegen zehn Uhr bei der angegebenen Adresse in der Schmidt-Rottluff-Straße, einer Seitenstraße von „Auf der Gast" eintrafen, war sogar Kommissar Harms persönlich vor Ort. Das freistehende Gebäude sah eigentlich wie ein ganz gewöhnliches Siedlungshäuschen aus, nur schien es etwas zu klein geraten. Ein schlichtes Satteldach krönte die rotgeklinkerte Giebelfront mit ihren zwei Sprossenfenstern, der Dachfirst stand quer zur Straße. Udo Harms schätzte das Baujahr des schlichten Ferienhauses auf etwa 1965. Mit seinen strahlend weißen Fensterrahmen und dem liebevoll bepflanzten Vorgarten wirkte es ein wenig spießig, aber durchaus geschmackvoll. Zwei zierliche Azaleenbüsche blühten bereits in leuchtend gelborangen Tönen und auch eine stattliche Kamelie erstrahlte in der vollen Schönheit ihrer tiefroten Blüten. Der riesige Rhododendorn links neben

56

dem Haus würde aber erst später im Jahr seine Pracht entfalten.

Nachdem auf Klingeln und lautes Klopfen keinerlei Reaktion erfolgte, wurde die Tür geöffnet, wobei Edo sein Können als professioneller Türschlossbezwinger unter Beweis stellen konnte. Dank seiner Geschicklichkeit lief die Aktion denn auch sehr elegant und zerstörungsfrei ab. Beim Eindringen in die nicht allzu üppig bemessenen Räumlichkeiten standen Eigensicherung und Achtsamkeit im Vordergrund, auch wenn die im Haus vermuteten Senioren nur wenig bedrohlich erschienen. Doch Etta machte in der kleinen Küche des Ferienhauses eine unerwartete Entdeckung. Dort lag eine männliche Leiche auf dem Boden.

Niemand hatte mit einem derartigen Fund gerechnet. Zwei tüdelige Alte, womöglich mit leichter Demenz und intensivem Beratungsbedarf, so etwas hatten die Polizisten erwartet, aber doch keinen einzelnen Toten, noch dazu völlig unbekleidet.

Dann kam ein Anruf vom Polizeikommissariat Varel, der nun endgültig alles auf den Kopf stellte. In Recklinghausen hatte man inzwischen das fragliche Ehepaar an dessen erstem Wohnsitz ausfindig gemacht, so dass der ursprüngliche Auftrag gegenstandslos geworden war. Dafür hatte man es nun mit einem Fall ganz anderen Kalibers zu tun.

Kommissar Udo Harms rief umgehend bei der Polizeiinspektion Wilhelmshaven/Friesland an. Die Zuständigkeit für Mord und schwere Straftaten lag beim 1. Fachkommissariat des Zentralen Kriminaldienstes in Wilhelmshaven. Zwar war es nicht völlig sicher, ob es sich hier überhaupt um einen Tatort handelte, aber manches sprach dafür, eine komplette Tatorteinheit anzufordern und die Bereitschaftsmordkommission machte sich umgehend auf den Weg. Auch die Staatsanwaltschaft war in dieser Sache tätig geworden. Kommissar Harms begrüßte das Team aus Wilhelmshaven an der Eingangstür des Ferienhauses und erklärte kurz den Sachstand.

Die Spurensicherung begann mit ihrer Arbeit und Frau Dr. Eva Liebermann, die Rechtsmedizinerin aus Oldenburg, nahm die Leiche in Augenschein. Dabei wurden über das Übliche hinaus alle erdenklichen Vorsichtsmaßnahmen ergriffen und auf äußerste Hygiene geachtet, denn es herrschte ja eine Pandemie in Deutschland. Das Opfer war etwa achtzig Jahre alt und gehörte mit Sicherheit zu der durch Covid-19 besonders gefährdeten Risikogruppe. Eine Todesursache war jedoch nicht zu erkennen, auch konnte Frau Dr. Liebermann noch nicht abschließend sagen, wie lange der Körper dort gelegen hatte, obwohl sie natürlich die Körpertemperatur gemessen und die Leiche auf Totenstarre geprüft hatte. Inzwischen war als zweiter Mediziner noch Udos Hausarzt und Sangesbruder Dr. Eike Fischer hinzugekommen, den der Hauptkommissar ebenfalls informiert hatte. Seinem guten Freund Eike, zu dem er vollstes Vertrauen hatte, würde Udo, falls erforderlich, später unkompliziert Fragen stellen können.

Im Haus und vor allem in der Küche hatten sich bis jetzt trotz gründlicher Arbeit keinerlei brauchbare Spuren finden lassen. Mitarbeiter der KTU machten Fotos in der Küche des Ferienhauses und von dem Opfer. Sie sicherten an dessen Körper mögliches Spurenmaterial, bevor durch das Fahrzeug eines Beerdigungsinstituts der Verstorbene unter Begleitung durch Frau Dr. Liebermann zum rechtsmedizinischen Institut nach Oldenburg transportiert wurde, wo weitergehende und gründlichere Untersuchungen möglich waren.

„Die Nachbarn haben bestimmt mitbekommen, dass im Haus etwas los war, aber die Anzeige beruhte auf einer ganz falschen Annahme."

Edo hätte gern noch mehr dazu gesagt, aber der Kommissar missbilligte offenbar die ungefragt abgegebene Meinungsäußerung des Streifenpolizisten. Etta hielt den Finger vor ihre Lippen, um den eifrigen Kollegen zum Schweigen aufzufordern, denn der Blick des Vorgesetzten war unmissverständlich. Bei einer ähnlichen Gelegenheit hatte Harms schon einmal zu Edo gesagt: „Du hältst jetzt besser mal deinen Mund."

Die Wilhelmshavener Kollegen verabschiedeten sich, Kommissar Udo Harms fuhr in seinem Dienstwagen zurück nach Varel. Nur die beiden Streifenpolizisten blieben noch in Dangast.

Edo konnte endlich wieder reden: „Die Hauseigentümer sind ja beide in Recklinghausen, also muss die Identität der Leiche des Achtzigjährigen geklärt werden."

Etta schaute ihn flehentlich an: „Bitte, rede jetzt nicht mehr davon. So eine Entdeckung habe ich heute zum ersten Mal machen müssen. Mir ist immer noch ganz übel."

Edo zeigte Verständnis: „Wirklich gutaussehend war der Alte nicht. Frau Dr. Liebermann ist um ihren Job nicht zu beneiden."

# Resilienz

Es war mittlerweile schon 13:00 Uhr und der Hunger meldete sich. Vorsorglich hatten sie Proviant mitgenommen, von Etta liebevoll vorbereitete Fleeskklüütjes, auf Hochdeutsch Frikadellen, Senf, saure Gurken und Broodjes, also Brötchen. Edo gönnte sich ein alkoholfreies Jever Fun. Seine Kollegin trank Cola Zero.

Sie standen mit ihrem Streifenfahrzeug vor der Schranke des geschlossenen Strandcampingplatzes und blickten auf den Jadebusen, der wie mit kleinen Diamanten übersät schien. In der Ferne sahen sie den Leuchtturm Arngast aufragen, rot und weiß, im Jahre 2011 sogar auf einer Briefmarke verewigt. Vor einer knappen Stunde hatte das Wasser seinen höchsten Stand erreicht und die Meeresbucht funkelte noch immer in der Sonne, bevor der Wattboden wieder trocken fallen würde.

Für einen Moment vergaßen Etta und Edo den grausigen Fund im Ferienhaus, lauschten dem Meeresrauschen und dem Geschrei der Möwen. Die wärmenden Strahlen der Sonne und der Blick auf den Jadebusen trugen dazu bei, die Stimmung zu verbessern. Sie genossen die mitgebrachten Speisen und Getränke und sprachen darüber, dass sie arbeiten durften, wo andere Urlaub machten. Nun ja, im Moment gerade nicht.

Eine weitere dumme Bemerkung musste Edo dann noch loswerden, zumal er noch vor der Pandemie an einer entsprechenden Fortbildung teilgenommen hatte.

„Genau so geht Resilienz!"

Etta sagte dazu jetzt mal besser nichts. Edo aber dachte an seinen Hund, den sie beide jetzt gut gebrauchen könnten.

# Spurensuche mit Trond

Die zweite Hälfte ihrer Pausenzeit nutzten Etta und Edo, um Trond zu holen, Edos zwei Jahre alten Rüden, der erst vor Kurzem die B-Prüfung für Spür- und Suchhunde erfolgreich absolviert hatte. Der seinem Wesen nach überaus freundliche hannoversche Schweißhund freute sich, als sein Herrchen so unverhofft auftauchte, noch dazu in netter Begleitung. Es versprach ein spannender Nachmittag zu werden.

Glücklicherweise hatte Hauptkommissar Harms gleich seinen Segen dazu gegeben, Trond zum Mantrailing einzusetzen, auch wenn es sich bei Edos graubrauner Bracke um gar keinen Polizeihund handelte und die mögliche Fährte von einem bereits Verblichenen stammte. Etta war begeistert, denn sie hatte den Hund, von dem Edo so viel erzählte, noch nie in Aktion erleben dürfen.

Es gab keine persönlichen Gegenstände oder Kleidungsstücke von dem Opfer, weshalb Frau Dr. Liebermann den ermittelnden Polizeibeamten aus Varel und Wilhelmshaven mehrere in Plastiktüten verpackte Haarbüschel überließ. Eine solche Probe hielt Edo seinem Schweißhund vor die Nase, als man vor der Eingangstür des Ferienhauses stand. Tronds Kopf, ähnlich dem eines Bluthundes, war weit nach vorne gestreckt, als der Rüde Witterung aufnahm. Dann suchte er aufmerksam den Boden in der Nähe der Eingangstür ab. Nach kurzer Zeit hatte er die Spur des Unbekannten tatsächlich gefunden und zeigte den Weg, den jener genommen haben musste.

Wie gut Edo und Trond einander ohne Worte verstanden, darüber konnte Etta nur staunen. Der Schweißhund führte sie die Straße entlang hinunter zum Strandcampingplatz, erst über eine mit Gras bewachsene Fläche, dann auf dem Sand des weitläufigen Strandes bis zum Ufer des Jadebusens. Nicht immer war es für Trond einfach, der Fährte zu folgen, aber insgesamt meisterte er seine Aufgabe mit Bravour.

An der Flutkante riss die Fährte schließlich unvermittelt ab. Die vielversprechende Spur verlor sich im Watt. Der Hund blickte ratlos hin und her, schaute erst sein Herrchen an, dann auch Eda, als wollte er sein Bedauern darüber ausdrücken, versagt zu haben.

Es schien so, als sei der alte Mann tatsächlich wie ein Meeresgeist aus dem Wasser gestiegen, was absurd klang, aber dennoch Sinn ergab. Wahrscheinlich war er einfach am Uferrand entlanggelaufen, wo keine dauerhaften Spuren zurückbleiben konnten. Dahinter verbarg sich mit Sicherheit die Absicht, eine Rückverfolgung des Weges unmöglich zu machen.

# Jenny Chen

Taiwanisches Minnan, mit dieser Sprache war Jenny aufgewachsen. Dabei handelt es sich um eine der vielen Sprachen innerhalb der sino-tibetischen Sprachfamilie. Mit dem Mandarin-Chinesisch, wie es in verschiedenen Varianten weltweit gesprochen wird, und dem Hochchinesischen hat das Taiwanische keine große Ähnlichkeit. Jenny konnte sich in Deutschland also am besten mit Taiwanern unterhalten. Nun unterhält Deutschland noch nicht einmal diplomatische Beziehungen mit Taiwan. Während mehr als 42.000 Studierende aus der Volksrepublik China sich derzeit in Deutschland aufhalten, sind es nur etwa 2.000, die Taiwan als ihr Heimatland bezeichnen können. Auch unabhängig von den Hochschulen und Universitäten gibt es nur wenige Taiwaner in Deutschland, in Dangast zum Beispiel nur Jenny.

Schon vor der Geburt hört das Kind Sprachlaute, während es selbst sich noch im Leib der Mutter befindet. Es ist die Muttersprache, die sich von Anfang an einprägt und die auch in der frühkindlichen Entwicklung eine entscheidende Rolle spielt.

Mit dem Erwerb der Muttersprache erlangt der Mensch Zugriff auf die Welt und erfährt sich selbst in einem sozialen Kontext. Auch später im Leben können feinste Nuancen in zwischenmenschlichen Beziehungen nur in dieser einen Sprache artikuliert werden, in anderen Sprachen, die später erlernt wurden, gelingt dies nur ungefähr. Die verbale Interaktion auf der Beziehungsebene ist in jenen Sprachen im Wesentlichen eine Imitation dessen, was man bei kompetenten muttersprachlichen Sprechern beobachtet hat.

„I've been missing you!", so etwas sagt ein in den USA lebender Deutscher zu seiner amerikanischen Freundin, weil er gehört hat, dass viele Nordamerikaner so etwas sagen. Möchte er noch etwas emphatischer wirken, fügt er ein „so much" an: „I've been missing you so much."

Wenn seine Freundin sensibel ist, dann wird ihr irgendwann auffallen, dass ihr deutscher Freund sich wiederholt und immer wieder auf diese eine bewährte Formel zurückgreift. In seiner Muttersprache hätte er eine ungleich größere Bandbreite an Möglichkeiten zur Verfügung, um seine Empfindungen angemessen zum Ausdruck zu bringen, in der Fremdsprache aber nicht.

Ähnlich erging es Jenny, wenn sie etwas auf Deutsch ausdrücken wollte. Neben Englisch beherrschte sie auch diese Fremdsprache fließend. Sogar ihre kleine Broschüre mit dem Titel „Yu Di" hatte sie ja problemlos auf Deutsch verfasst. Gern würde sie aber noch mehr schreiben, zum Beispiel eine Erzählung, die von einem jungen Mädchen handelt, das sich in der Welt zurechtfinden muss. Die Fünfzehnjährige würde von westlicher und östlicher Philosophie erfahren und sich fragen, welche Ratschläge sie befolgen sollte. Am Ende sollte sie dann ihren eigenen Weg finden, so wie Jenny selbst.

Ein kleines Kapitel hatte sie bereits im Entwurf fertiggestellt:

„Lottes kleiner Liebling war ihre weiße Katze mit dem chinesischen Namen Jin. Die deutsche Übersetzung des chinesischen Namens lautet ‚Gold'. Ziemlich chinesisch war auch der Klang der männlichen Stimme, die wie aus dem Nichts an jenem Abend zu Lotte sprach. Sie kannte dieses seltsame Phänomen schon seit einer Weile. Ihr Arzt sprach in dem Zusammenhang von Hypnagogie.

‚Kleine Lotte, wahrzunehmen ohne zu bewerten, das lerne.'

Wie bitte? Was sollte das schon wieder? Und sie sollte dabei auch noch ruhig bleiben, das hätte der wohl gerne.

‚Mein Name ist Hui Tse, ich komme zu dir aus dem Reich der Mitte und will helfen.'

‚Vielleicht kannst du das tatsächlich. Sag mir, Hui Tse, was soll ich tun?'

‚Tue nichts, kleine Lotte. Tue nichts, damit ist schon alles getan.'

Mit diesen Worten verabschiedete sich Hui Tse auch schon wieder.

Einfaches Nichtstun, das sollte die Lösung sein? Wenn sie gar nichts tat, dann würden die anderen sich schon etwas einfallen lassen und womöglich nichts Gutes. Geduldig abzuwarten, war das eine gute Idee?"

Die daoistische Kunst des Wu Wei, Handeln durch Nicht-Handeln, also nichts zu tun und doch alles zu erreichen, wollte Jenny hier für junge Leserinnen thematisieren. In ihrer Muttersprache hätte sie die Erzählung schon längst abgeschlossen, aber sobald es um anspruchsvolle literarische Sprache und philosophische Themen ging, die sie womöglich persönlich berührten, fiel Jenny das Schreiben in deutscher Sprache unendlich schwer.

So konnte sie ihr beträchtliches Potential nur eingeschränkt entfalten und befand sich gegenüber Dr. Rasmus Oncken, ihrem in Deutschland geborenen und aufgewachsenen Chef, in einer Position, die ihrer eigenen hohen Intelligenz nicht angemessen war. Außerdem war sie noch ziemlich jung und eine sehr attraktive Frau. Als Trainerin beliebt und anerkannt, litt sie dennoch unter sexistischen und rassistischen Vorurteilen. Sie fühlte sich oft einsam und missachtet.

Das in den zwanziger Jahren durchaus beachtliche chinesische Leben in Deutschland war durch die Nazis weitgehend zerschlagen worden. Im ehemaligen Hamburger Chinesenviertel zwischen St. Pauli und Altona hatte die Gestapo unter der Bezeichnung „Chinesenaktion" im Mai 1944 Razzien und Massenverhaftungen durchgeführt, die Misshandlungen, Folterungen, Zwangsarbeit und die Verbringung in verschiedene Lager und KZs, unter anderem nach Neuengamme, mit sich brachten. Eine Erinnerungstafel weist heute auf das ehemalige Chinesenviertel und dessen Ende durch die Chinesenaktion hin. Jenny fand es seltsam, dass so viele der Intellektuellen, die beim Aufbau Taiwans mitgewirkt hatten, zum Teil bis über die Mitte der dreißiger Jahre hinaus in Deutschland studiert hatten.

Wie muss sich das Leben in Deutschland für eine unbekannte, auf sich gestellte Chinesin wie die leibliche Mutter von Dr. Rasmus Oncken damals in den siebziger Jahren angefühlt haben? Jenny kam ein Beleg für den damaligen Zeitgeist in den Sinn. 1978 schilderte der österreichische Schriftsteller Johannes Mario Simmel in seinem Roman „Hurra, wir leben noch" in einer Szene, welche in einem Antwerpener Bordell spielt, die sogenannte „Chinesische Schlittenfahrt":

„(...) »Chinesisch, wenn es nicht zu unverschämt ist, Mevrouw. Chinesisch hatte ich noch nie.« »Aber gerne. Yün-Sin komm her!« Ein zierliches Geschöpf trat heran. »Yün-Sin heißt Pfirsichblüte, Monsieur. Pfirsichblüte, der Herr will dir die Ehre erweisen. Zeige ihm deine Spezialität, die ‚Schlittenfahrt'!« »Gewiss Mevrouw«, zwitscherte die Pfirsichblüte englisch mit Piepsstimme. Sie kreuzte die Arme über der bloßen Brust und verbeugte sich tief vor Jakob. »Edlel Tai-Pan, dalf ich bitten, mil zu folgen?« Mit wackelndem Popo ging sie vor Jakob her, die Treppe empor, die zu den Zimmern führte (...)." (Ende des Zitats)

Asiatische Frauen waren damals viel seltener in Deutschland anzutreffen als heute und galten, einigermaßen gutes Aussehen vorausgesetzt, oft als exotische Objekte männlicher Begierde, doch kam der sogenannte Sextourismus - etwa nach Thailand - erst im Laufe der achtziger Jahre auf und die „Boat People", Flüchtlinge aus dem vom Krieg verwüsteten Vietnam, waren erst ab dem Jahre 1976 in nennenswerter Zahl nach Deutschland gekommen.

Wie hatte die chinesische Mutter des Jadekaisers – Jenny wusste, dass sie ihn niemals bei diesem unseligen Spitznamen nennen dufte – ihren Lebensunterhalt verdient? Wie kam es dazu, dass der Junge zur Adoption freigegeben wurde? Mit solchen Fragen durfte Jenny Rasmus nicht behelligen, in dessen Vorstellung seine Mutter eine chinesische Kaiserin oder Göttin gewesen sein musste.

# Zweitausend Tote

In Deutschland gab es inzwischen etwa zweitausend Tote durch Covid-19, dem Virus, das seinen Ursprung in der chinesischen Provinz Wuhan hatte. Das war die schockierende Meldung in den Nachrichten vom Mittwoch, dem 8. April 2020. Damals konnte sich niemand vorstellen, dass nach dem Abebben einer dritten Welle der Pandemie, und zwar genau am 16. Juni 2021, mehr als neunzigtausend Menschen in Deutschland dem Coronavirus zum Opfer gefallen sein würden.

In der der Forensik kam man jedoch zu der Erkenntnis, dass der Tod des Dangaster Opfers offenbar in keinem Zusammenhang mit dem Corona-Virus stand. Auch die Frage nach der Blutsverwandtschaft mit den Eigentümern des Ferienhauses musste verneint werden. Deren Befragung ergab keinerlei Hinweise auf die Identität des nackten Mannes, der in ihrer Küche gefunden wurde. Da die Leiche unbekleidet war und vor Ort keine Gegenstände gefunden wurden, die sich in irgendeinen Zusammenhang mit dem Toten bringen ließen, stand man im Polizeikommissariat Varel vor einem offenbar unlösbaren Rätsel.

Edo aber kam auf eine Idee. Aus seiner Zeit als aktiver Kampfsportler hatte er immer noch einen ganz guten Draht zum Jadekaiser, der in Dangast bestens vernetzt war und demzufolge vieles wusste, das anderen verborgen blieb. Die umfassende Bildung und überragende Intelligenz des Dr. Rasmus Oncken schien in diesem Zusammenhang nicht von Nachteil, so dass der Entschluss des ehrgeizigen Polizeihauptmeisters feststand, in Eigeninitiative diese Quelle anzuzapfen. Wenn jemand überhaupt eine Vorstellung davon haben sollte, was sich in der Nacht zum 7. April in der Schmidt-Rottluff-Straße zugetragen haben könnte, dann war es dieser Mann. Der Todeszeitpunkt in der Nacht zum 7. April, und zwar etwa um null Uhr, konnte inzwischen immerhin bestätigt werden.

Ansonsten kamen auch aus der KTU keine brauchbaren Befunde. Am Körper des Toten ließ sich Fremdeinwirkung ausschließen. In Recklinghausen konnte man sich auch nicht erklären, wer da und auf welche Weise in der Abwesenheit der Eigentümer das Ferienhaus missbraucht habe. Nur die Schlüsselfrage klärte sich im Laufe der Befragungen, die das Ehepaar Jankowski geduldig über sich ergehen ließ. Einen der Schlüssel zu dem Gedäude hatte der Hausmeisterservice Hauken, der sich auch um die Pflege des kleinen Gärtchens kümmerte. Den anderen Schlüssel hatten sie nach einem Kurs „Qi Gong für Senioren" den sie bei Dr. Rasmus Oncken belegt hatte, dem Kampfsportler zu treuen Händen anvertraut.

„Für alle Fälle, man weiß ja nie!", sagte Herr Jankowski. Wahrscheinlich ging er davon aus, dass einer wie Oncken mit Einbrechern und Vandalen aller Art kurzen Prozess machen würde. Da dieser außerdem zu den unterschiedlichsten Tag- und Nachtzeiten seine Trainingsrunden durch den Küstenort drehte, betrachteten die Jankowskis ihn als ihren privaten Wachdienst.

Während einer Lagebesprechung auf dem Polizeikommissariat Varel sagte Harms: „Hauken und Oncken, die beiden werde ich wohl aufsuchen müssen. Da wir keine Einbruchspuren gefunden haben, muss ein Schlüssel benutzt worden sein."

Wie nicht anders zu erwarten, blieb die Befragung der beiden Männer ergebnislos. Zunächst gab Dr. Oncken glaubhaft an, trotz des Schlüssels, den ihm das Ehepaar aus dem Ruhrgebiet vor längerer Zeit anvertraut hatten, noch nie in deren Ferienhaus gewesen zu sein. Herr Hauken konnte einen Plan vorzeigen, aus dem hervorging, dass der letzte Servicetermin am Freitag, dem 20. März, gewesen war. Auch bei ihm war der

Schlüssel ansonsten sicher verwahrt, wie er Herrn Kommissar Harms bereitwillig zeigte.

Udo Harms und das 1. Fachkommissariat des Zentralen Kriminaldienstes in Wilhelmshaven traten also auf der Stelle. Die Ermittlungen in diesem Fall schienen im Sande zu verlaufen, bevor sie richtig begonnen hatten. Jetzt stand Ostern vor der Tür und die Polizei und das Ordnungsamt hatten erst einmal genug damit zu tun, die Anordnungen im Zusammenhang mit der Corona-Krise umzusetzen und deren Einhaltung zu überwachen.

Der Karfreitag war ein kühler Tag an der See, das freundliche Wetter hielt aber an. In der Lokalzeitung konnte man lesen: „Die Stadt Varel teilt mit, dass über das Osterwochenende (Karfreitag bis Ostermontag) die Ortsteile Dangast und Vareler Hafen für den Kfz-Verkehr gesperrt sind. Ausnahmen gibt es lediglich für Fahrradfahrer, Fußgänger und Bürger, die nachweisen können, dass sie in Dangast ihren ersten Wohnsitz haben. Die Sperrung gilt ab Karfreitag, 10.04.2020, bis einschließlich Ostermontag, 13.04.2020, jeweils täglich von 9-18 Uhr."

Kurz vor sechzehn Uhr war am Nachmittag das Hochwasser zu erwarten. Normalerweise würden sich die Osterurlauber und Ausflügler am Strand und auf der Promenade drängeln. In diesem Jahr aber war alles anders und die eingesetzten Beamten hatten dafür Sorge zu tragen, dass es auch so blieb.

Jetzt war auch für Niedersachsen ein Bußgeldkatalog beschlossen worden und gravierende Verstöße, wie etwa gegen Quarantäne-Auflagen des Gesundheitsamtes, würden als Straftaten behandelt, dafür drohte sogar Haft.

In ganz Niedersachsen wurde die Polizei dazu angehalten, am Osterwochenende die Einhaltung der Bestimmungen verstärkt zu kontrollieren. Auch Etta und Edo hatten Dienst, natürlich wieder in Dangast.

# Systemrelevante Tätigkeit

Ein roter Fiat Panda näherte sich der Straßensperre, die sie quer über die Straße „Zum Jadebusen" noch vor dem Nationalpark-Haus errichtet hatten, und zwar genau auf Höhe der Abzweigung Wehgaster Straße. Mit der Winkerkelle bedeutete Edo dem Fahrer, dass er anhalten sollte. Es handelte sich um einen Mann, der die Fünfzig schon längst überschritten hatte. Auffällige Merkmale waren ein langer Vollbart, die runde Nickelbrille auf der Nase und eine schwarze Baskenmütze. CLP stand auf dem Nummernschild, das war ein Cloppenburger. Der dürfte wohl kaum seinen ersten Wohnsitz hier haben, also wurde er zur Umkehr aufgefordert:

„Moin! Sie sehen doch, hier ist alles gesperrt."

Doch es regte sich Widerspruch in dem Fiat: „Mein Name ist Arno Calvelage. Ich bin kein Tagesausflügler, sondern beruflich hier."

Etta fragte nach: „Welche systemrelevante Tätigkeit üben Sie denn aus? Womit ließe sich eine Ausnahmegenehmigung gegebenenfalls begründen?"

Nicht ohne Stolz in der Stimme kam die Antwort aus dem Seitenfenster des Kleinwagens: „Ich bin Berufsschriftsteller und arbeite an einem Küstenkrimi, der in Dangast spielt. Die Recherche vor Ort ist gerade in dieser Schaffensphase unbedingt notwendig, sonst droht mir eine schwere Schreibblockade."

Wenn vorhin von Umkehren die Rede war, so stimmt das nicht ganz, denn Wendemanöver wären an dieser Stelle nicht zu empfehlen. Nein, der Krimiautor musste nach rechts in die Wehgaster Straße einbiegen, dann noch einmal nach rechts in die Grodenchaussee Richtung Vareler Hafen, der über Ostern ebenfalls gesperrt war, und schließlich zur Heimfahrt auf die B437. Hatte der Herr Schriftsteller das jetzt auch richtig verstanden?

Mit allem hatte die beiden Polizisten gerechnet, aber nicht mit so einem Humbug. Der Tag fing ja gut an! Hoffentlich kamen an diesen Ostertagen nicht noch mehr solche Spinner vorbei, auch wenn der Typ durchaus einen gewissen Unterhaltungswert bot.

# Stille Ostern

Das Vareler Ordnungsamt, die Kurverwaltung in Dangast und natürlich auch Etta und Edo als zuständige Polizeistreife achteten auf die Einhaltung der strengen Regeln. Es blieb aber ruhig, sehr ruhig sogar, so dass man von ausgesprochen stillen Ostern in dem kleinen Küstenbadeort am Jadebusen sprechen konnte.

Gottesdienste in Kirchen waren ja in ganz Niedersachsen verboten worden. An deren Stelle traten Fernsehübertragungen. Und auch in Nordrhein-Westfalen verfolgte das fromme Ehepaar Jankowski den Ostergottesdienst auf dem Bildschirm. Gerne wären sie wie jedes Jahr in ihrem Ferienhaus in Dangast gewesen. Doch nach dem Leichenfund dort wollten sie sich so schnell wie möglich von ihrer kleinen Immobilie trennen. Denn auch wenn der Aufenthalt dort wieder erlaubt sein würde, könnten sie doch niemals mehr das unbeschwerte Gefühl ihrer geliebten Nordseeurlaube genießen.

Udo Harms kam in diesen Tagen zum Nachdenken. In normalen Jahren hätte er mit dem Chor in der Kirche gesungen. Zwar zog er seine Shantys dem geistlichen Liedgut vor, doch die feierliche Stimmung der Ostertage vermisste der Hauptkommissar sehr. Dafür beschäftigte ihn der ungeklärte Fall umso mehr. Er traf sich am Samstag, dem 11. April, mit Dr. Eike Fischer zu einem Fachgespräch. Die mysteriöse Ferienhausleiche gab viele Rätsel auf, zu deren Lösung es jedoch kaum Anhaltspunkte gab. Auch war bereits wertvolle Zeit verstrichen. Ehrlich gesagt, der Hauptkommissar glaubte nicht mehr daran, dass dieser Todesfall jemals aufgeklärt werden könnte. Wenigstens den Maskendiebstahl hatte er schnell vom Tisch bekommen, auch wenn der dicke Hein ihm leidtat.

Statt der medizinischen FFP3-Atemschutzmasken, wie sie das diebische Ehepaar aus Langendamm an sich gebracht hatte, waren nun zunehmend sogenannte Alltagsmasken aus Stoff in Gebrauch, deren Herstellung und Gestaltung nicht nur kommerzielle Anbieter wie unter dem Lockdown leidende Textilgeschäfte, sondern vor allem die Landfrauen vor Ort herausforderte. Udos Wiebke tat sich dabei besonders hervor. Nachdem sie verschiedene Modelle entwickelt und getestet hatte, zeigte sich ein zweifach gefaltetes und mit einem speziell ausgearbeiteten Nasenbereich ausgestattetes Tuch als besonders geeignet. Maritime Motive wie Robben, Seesterne und Muscheln, aber auch der Schriftzug „Moin" zierten ihre Kunstwerke. Mit speziellen Totenkopf-Motiven knüpfte sie an ihre eigene Vergangenheit als Rockerbraut an und pflegte die nicht nur bei Küstenbewohnern beliebte Seeräuberromantik. Mit dieser Art von kreativer Handarbeit wurde es Wiebke Harms und ihren Freundinnen nicht langweilig in dieser stillen Osterzeit.

Was waren das nur für Worte, die sich Dr. Rasmus Oncken gleichsam aufdrängten, als er auch während der Feiertage seine obligatorische Laufrunde durch Dangast drehte? „Vom Eise befreit sind Strom und Bäche/Durch des Frühlings holden, belebenden Blick,/Im Tale grünet Hoffnungsglück;/...." Diese aus dem Schulunterricht bekannten Verse aus Goethes „Osterspaziergang" kamen ihm in den Sinn. Das war ja zum Lachen! Dem Klimawandel sei Dank war winterliches Eis schon seit Jahren Mangelware geworden und von „Hoffnungsglück" konnte jetzt während des Lockdowns wohl keine Rede sein! „..../Doch an Blumen fehlts im Revier,/Sie nimmt geputzte Menschen dafür." – Großartig, was die Sonne, ja, Altmeister Goethe hat das so geschrieben, da angeblich macht! Menschen waren so gut wie keine zu sehen, geputzte schon gar nicht. Goethes „Faust" fand der Qigong-Meister schon als Pflichtlektüre auf dem Gymnasium sehr merkwürdig, das Faustische war zu westlich für sein Empfinden.

Die auf der Dienststelle scherzhaft als Streifenhörn-chen bezeichneten Etta und Edo hielten sich, wenn sie nicht gerade im Einsatz waren, brav zu Hause auf. Das war ganz schön langweilig. Dermaßen stille Ostern hatten Edo noch nie erlebt. Er nutzte die gewonnene Zeit, um in der Werkstatt seines Vaters für den Hannoverschen Schweißhund mit dem norwegischen Namen Trond eine altmodische Hütte aus Holz zu zimmern, was ihm auch sehr gut gelang. Ein Schild wollte Edo über dem Eingang anbringen, dabei dachte er an so etwas wie „Trond Heim", verwarf die Idee aber nach kurzer Überlegung wieder. Corona brachte ihn wirklich auf dumme Gedanken.

# Küstenkinder

Etta und Edo waren im Landkreis Friesland geboren und aufgewachsen. Sie fühlten sich als echte Küstenkinder. Sie lernten einander aber erst beim gemeinsamen Dienst kennen, obwohl sie aus dem gleichen Landstrich stammten, wenn auch nicht aus demselben Dorf. Etta war übrigens schon einige Zeit auf der Dienststelle in Varel im Einsatz, bevor Edo dazukam. Als der neue Kollege ihr vor fünf Jahren vorgestellt wurde, damals waren beide nur knapp über zwanzig Jahre alt, brachte sie sein Name zum Lachen. „Du heißt ja wie die alten Friesenhäuptlinge."

Edo verstand nicht sofort, was gemeint war. Etta klärte ihn auf. „Bereits im 11. Jahrhundert soll ein Friesenhäuptling namens Edo Wiemken ein Steinhaus auf der Dannen-Geest besessen haben, also einem mit Nadelbäumen bewachsenen Sandrücken. Dannen war damals eine Art Sammelbegriff, tatsächlich werden es wohl Kiefern, eventuell auch Fichten gewesen sein. So ist der Name Dangast entstanden. Im 14. Jahrhundert wohnte dort Edo Wiemeking der Ältere, dem seine Frau Etta Dangast mit in die Ehe gebracht hatte, ebenfalls in einem Steinhaus, eine Kirche gab es dort auch. Damals herrschten Edo und Etta in Dangast und heute ist das unser Revier.“

Edo nickte und antwortete der sommersprossigen jungen Frau mit den kräftigen roten Locken: „Klar, heute haben wir hier das Sagen. Dein Name kommt mir aber auch in einem anderen Zusammenhang sehr bekannt vor. Die Etta von Dangast ist doch das kleine Passagierschiff, mit dem Touristen auf den Jadebusen und weiter hinaus in die Nordsee gebracht werden.“

Etta lachte wieder und sagte: „Ja, der zum Seebäderschiff umgebaute ehemalige Schlepper wurde nach Edo Wiemekings Frau benannt.“

Ihre gemeinsame Aufgabe bei der Polizei bedeutete ihnen viel. So wie jetzt in der Corona-Krise konnten sie dabei helfen, die geliebte Heimat vor Gefahren zu schützen. Am Ostersonntag, dem 12.04.2020, waren im Landkreis insgesamt 25 Fälle gemeldet, in denen das Coronavirus nachgewiesen werden konnte. 15 Personen waren bereits wieder genesen. Aktuell gab es fünf Erkrankte in stationärer Behandlung und vier Infizierte in häuslicher Quarantäne.

Im deutschlandweiten oder gar weltweiten Vergleich waren die momentan neun Corona-Infizierten im gesamten Landkreis Friesland im Verhältnis zu den auf acht Städte und Gemeinden verteilten etwa 100.000 Einwohnern sehr wenig. Etta und Edo hatten mit dafür Sorge zu tragen, dass es so blieb oder möglichst noch besser würde. In ganz Deutschland betrug die Zahl der Todesopfer aufgrund der Pandemie inzwischen mehr als 3000 und nur ein einziges davon war im Kreis Friesland zu beklagen.

Zu dem vor einer Woche in Dangast gefundenen Toten, der eindeutig nicht durch das Coronavirus zu Tode gekommen war, gab es einige neue Befunde. Die sichergestellte Leiche war in amtliche Verwahrung genommen worden. Die Staatsanwaltschaft hatte auch eine Leichenöffnung und Entnahme von Leichenteilen angeordnet. DNA-Tests ergaben, dass keinerlei Verwandtschaftsverhältnis zu dem Ehepaar Jankowski bestand, den Eigentümern des Ferienhauses. Isotopenuntersuchungen des Knochenmaterials legten nahe, dass das Opfer lange Zeit in Skandinavien gelebt haben dürfte, wahrscheinlich in Dänemark. Die Zahnprothesen und Kiefermerkmale konnten keiner der derzeit vermissten Personen zugeordnet werden. Es war sowieso klar, dass man es nicht mit einem Einheimischen zu tun haben konnte, denn in einem Ort wie Dangast mit seinen 545 Einwohnern wäre dessen Verschwinden nicht unbemerkt geblieben.

Intern sprach man im Polizeikommissariat Varel bereits von dem Dänen, obwohl man sich damit, wie mit allen anderen Aussagen zu dem mysteriösen Fall, durchaus im Reich der Spekulation bewegte. Der verantwortliche Kriminalkommissar Harms war auf jeden Fall sehr unzufrieden. Eine ganze Woche war verstrichen und sie standen mit leeren Händen da. Handelte es sich denn überhaupt um einen Mordfall?

Selbst die Staatsanwaltschaft schien nicht davon auszugehen und die Bereitschaftsmordkommission von der Polizeiinspektion Wilhelmshaven/Friesland zeigte keinen großen Eifer, den Fall weiter zu verfolgen. Als Todesursache stand ja bereits multiples Organversagen fest und Fremdeinwirkung war keine erkennbar. Außerdem gab es sowieso einen Tiefstand bei den Straftaten im Landkreis Friesland, deren Zahl seit Jahren kontinuierlich zurückgegangen war. Weshalb sollte es sich also hier um ein Tötungsdelikt handeln?

So blieben auch die Ostertage ohne besondere Vorkommnisse, wie die Lokalzeitung vermeldete: „Ruhige Ostertage erlebten auch die Kontrolleure in Dangast und am Vareler Hafen. Die Ausflügler reagierten größtenteils mit Verständnis auf die Sperrungen."

Übrigens hatten Edo und Etta nicht ununterbrochen Dienst, denn Mitarbeiter des Ordnungsamtes, der Kurverwaltung und sogar ein leibhaftiger Schwimmmeister übernahmen zeitweise die Kontrollen an der Absperrung.

Die beiden Küstenkinder von der Polizei hatten während der gemeinsamen Dienstpausen sogar ein wenig Zeit, um einander besser kennenzulernen. Beide waren unverheiratet und lebten jeweils noch bei den Eltern. Wäre Alkohol im Dienst erlaubt, dann hätte an diesem Osterwochenende mehr daraus werden können. So aber war die Zurückhaltung auf beiden Seiten zu groß, einander die gegenseitige Zuneigung zu gestehen. Man war halt sehr norddeutsch.

# Der Lo-Han

Dr. Rasmus Oncken hatte, wie so viele Selbstständige während des Lockdowns, große wirtschaftliche Probleme. Es ging vor allem darum, sein „Daoistisches Zentrum für Körper und Geist" am Leben zu erhalten. Seminare fanden seit einem Monat keine mehr statt, auch musste aufgrund der behördlichen Vorgaben durch die niedersächsische Landesregierung vom 16.03.2020 sein Dojo „Qi Gong - Tai Chi - Kung Fu" ab dem 17.03.2020 vorerst geschlossen bleiben. Die lukrativen Qi-Gong-Rehakurse mit Unterstützung der Krankenkassen fielen natürlich ebenso weg. Das Monatsgehalt für die Co-Trainerin Jenny Cheng musste selbstverständlich gezahlt werden. Zum Glück war für das Gebäude keine Miete fällig, denn der bisherige wirtschaftliche Erfolg und das elterliche Erbe, die Adoptiveltern waren schon früh verstorben, hatte dem Qi Gong Meister ermöglicht, die alte Villa, in der sich das Zentrum befand, zu erwerben.

Dr. Oncken hatte die Niedersachsen-Soforthilfe Corona mit Unterstützung des Bundes beantragt. Das aber war nicht mehr als ein Tropfen auf den heißen Stein. So besann er sich auf das dritte Standbein seines Geschäftsmodells. Neben den Seminaren und Kursen waren das die Veröffentlichungen im eigenen Klein-verlag. Der Bestseller war eindeutig Jenny Chengs Bro-schüre „Yu Di" über die Grundlagen des Daoismus. Das lag vor allem an der Allgemeinverständlichkeit und Anschaulichkeit ihrer Ausführungen. Anspruchs-voller und in der Fachwelt allgemein anerkannt waren jedoch Dr. Onckens eigene Schriften. Die Zeit der Corona-Krise nutzte er, den bisherigen Werken ein weiteres hinzuzufügen.

„Der Lo-Han und die Magie des Dào", so lautet der Arbeitstitel des Manuskripts, an dem Dr. Rasmus Oncken während der ruhigen Tage der Ausgangs-beschränkung arbeitete. Das chinesische Wort „Lo-Han" bezeichnet einen Würdigen oder auch einen Heiligen, von den Buddhisten auch Arhat genannt, der die höchste Stufe erreicht hat. Im alten China wurden solchen Großmeistern Zauberkräfte zugesprochen. Ähnlich wie westliche Alchemisten seien sie beispiels-weise dazu imstande gewesen, goldene Kugeln zu erzeugen. Die daoistische Alchemie war ebenfalls eine Geheimlehre. „Dào" bedeutet „der Weg". In diesem Sinne ist das kleine Gedicht zu verstehen, welches Dr. Rasmus Oncken seinem Buch voranstellt: „Energie ist hier / Sammle, pflege sie in dir / Und gehe den Weg".

Meister des Qi Gong formen zwischen ihren Handflächen mächtige Energiebälle. Mit der in der Hand gesammelten Energie lassen sich die Energieströme anderer Menschen so beeinflussen, dass der Lo-Han deren Bewegungen steuern kann. Mit anderen Worten, diese müssen tun, was er ihnen vorgibt. Diese Kunst der Energieführung ist eines der großen Geheimnisse, von dem das Buch „Der Lo-Han und die Magie des Dào" Zeugnis ablegen sollte.

Während er in die Arbeit an seinem Text vertieft war, vergaß Dr. Rasmus Oncken die Krisenzeiten. Die Welt dort draußen und Corona waren ganz weit weg. Zugleich versprach das Werk ein Bestseller zu werden, denn um dieses brisante Thema hatten alle vor ihm einen mehr oder weniger großen Bogen gemacht. Er aber wusste, wovon er schrieb, denn durch achtsam durchlebte Phasen der Selbstkultivierung von Körper und Geist hatte Dr. Rasmus Oncken bereits eine hohe Stufe erreicht und spezielle Kräfte entwickelt, die den meisten Menschen nicht gegeben waren. Wenn er schon nicht der Jadekaiser persönlich war, der Ehrentitel eines Lo-Han stand ihm gewiss zu, auch wenn er das selbst niemals behaupten würde, denn Eitelkeit war ihm fremd.

Außer zum Sport im Freien, der größtenteils aus Lauf-
runden durch Dangast bestand, musste Rasmus das
Haus so gut wie nie verlassen. Hofläden und Land-
wirte von der Halbinsel Butjadingen hatten einen
Bringdienst und Lieferservice organisiert, so dass ihm
Kisten mit frischem Gemüse und anderen Dingen des
täglichen Bedarfs kontaktfrei vor die Tür gestellt
wurden. Auch Jenny Chen, die ja im gleichen Haus
lebte, profitierte von dieser Regelung und bestellte
ihrerseits. Was sie am meisten liebte, war frisches
Obst.

Chen Hao, wie Jenny mit ihrem chinesischen Namen
hieß, war fast die einzige Gesprächspartnerin, die Rasmus in diesen Tagen hatte. Er nannte sie Hao, was
einen hohen Grad der Vertrautheit zum Ausdruck
brachte. Für ihn war Hao, die Gute, das bedeutet ihr
chinesischer Name ja auch, das Abbild seiner eigenen
Mutter in jungen Jahren. Zumindest stellte er sich
seine Mutter so vor, denn er hatte sie ja nie kennenge-
lernt und besaß auch kein Bild von ihr. In seiner
Fantasie aber war er der Sohn einer Himmelsprinzessin voll Anmut und Grazie. Er stellte sich seine
Mutter als hoch gebildet und kultiviert vor. Bestimmt
stammte sie aus einer vornehmen Familie, deren Wur-
zeln bis weit in die Zeit des alten China zurückreich-
ten.

Bruchstückhaft erzählte er auch Jenny, die für ihn ja Hao hieß, davon. Diese wusste oft nicht, was sie mit der Verehrung oder gar Vergöttlichung, die er ganz offensichtlich auf sie projizierte, anfangen sollte. Auf der anderen Seite ist es nicht nur von Nachteil, vom eigenen Chef angebetet zu werden und Jenny mochte Rasmus ja auch wirklich gern. Für sie war er tatsächlich ein Stück weit Yu Di, der Jadekaiser, auch wenn Rasmus diesen Spitznamen gar nicht gern hörte. Indiskrete Fragen liebte er ebenfalls nicht, vor allem nach seiner Herkunft. Dabei war es naheliegend, dass der Adoptivsohn eines Landarztes und einer Grundschullehrerin selbst schon diesbezügliche Nachforschungen angestellt haben musste.

Seine Äußerungen in diesem Zusammenhang, wenn er überhaupt einmal etwas dazu sagte, klangen meist rätselhaft. Jenny erinnerte sich zum Beispiel an folgende Worte: „Nur aus höchster Höhe ist ein tiefster Fall überhaupt möglich."

Dabei hatte Rasmus geradezu unheimlich auf sie gewirkt. Sein Blick war ernst und die Miene schien versteinert. Seine hohen Wangenknochen, sicher ein mütterliches Erbteil, traten besonders hervor und aus den leicht schräg stehenden Augen drohte jeden

Augenblick ein tödlicher Blitz hervorzuschießen. Zum ersten Mal hatte Jenny wirklich Angst vor dem Meister, wenn auch nur für einen kurzen Augenblick. Der aber genügte, sie daran zu erinnern, wonach man ihn besser nicht fragen durfte.

Im Jahre 1975 war Rasmus auf die Welt gekommen. Was geschah damals vor 45 Jahren? Weshalb wurde er überhaupt zur Adoption freigegeben? Wenn seine Mutter heute noch am Leben wäre, hätte man es mit einer Siebzigjährigen zu tun. Gab es diese Frau irgendwo? Ließ sich über den unbekannten Vater etwas in Erfahrung bringen? All diese Fragen konnte Jenny Rasmus nicht stellen. Sie war aber fast sicher, dass er selbst einiges über seine Vergangenheit herausgefunden haben musste. Jenny hatte den Verdacht, dass es sich dabei um schlimme Dinge handeln könnte.

Witzig aber fand sie seine Obsession, die sich auf den „Grenzstein" bezog, dieses monumentale Objekt aus 4,6 Tonnen Granit, welches im Watt vor dem alten Kurhaus in den Himmel ragte. Was war es nur, das Rasmus immer wieder dazu trieb, dieses Ding lange und gedankenverloren zu betrachten? Es war doch schließlich nur ein Penis, auch wenn der Künstler sein Werk vornehm als „Begegnung der Geschlechter" bezeichnete.

# Jeder ein Künstler

In seiner Cloppenburger Mansarde hatte der Berufs-schriftsteller Arno Calvelage mit Hilfe von Internet-Recherche sein noch nicht allzu umfangreiches Wissen über die Dangaster Kunstszene ein wenig vertieft. Eckart Grenzer, der Schöpfer des direkt am Strand aufgestellten Phallus, war beeinflusst von Joseph Heinrich Beuys, der unter anderem für den Ausspruch „Jeder Mensch ist ein Künstler" bis heute bekannt ist.

„Dann bin ich ja auch einer, als ob ich das nicht schon längst gewusst hätte!"

Arno schmunzelte zufrieden.

Im Jahre 1975 hatte ein Meisterschüler des berühmten Professor Beuys, der Kunstschmied und Polizist Anatol Herzfeld, die „Freie Akademie Oldenburg" gegründet und Grenzer war damals mit von der Partie. Zu dieser Künstlergruppe gehörte auch Willi Gerdes, der sich Butjatha nannte und am Strand von Dangast einen überdimensionalen Meisterstuhl für Anatol Herzfeld errichtete. Die im Laufe der Jahre verwitterte Sitzgelegenheit wurde 1982 im Rahmen der Aktion „Verwandlung des Meisterstuhls" verbrannt. 1984 war das Jahr der letzten gemeinsamen Aktionen von Grenzer und Gerdes. Der eine stellte seinen Granit-Phallus auf und der andere erbaute einen neuen Thron im Watt, dieses Mal für Kaiser Butjatha, also für sich selbst, den Kaiser aller Wikinger. Von 1977 bis 1990 trug Willi Gerdes tatsächlich einen Wikingerhelm.

Neben den expressionistischen Künstlern der Dresdner „Brücke" waren es also auch Beuys-Schüler von der Freien Akademie Oldenburg, die Dangast ihren Stempel aufgedrückt haben. Daneben gab es natürlich als unverwechselbares Unikat den berühmten Maler und Vertreter des „Magischen Realismus" Franz Radziwill, dessen Wohnhaus heute als Kunstmuseum eingerichtet ist. Zu seinen Lebzeiten denunzierte der überzeugte Nazi Radziwill einige Dangaster Mitbürger, obwohl seine eigenen Werke zum Teil als „Entartete Kunst" eingestuft worden waren.

Dann stieß Arno Calvelage bei seiner Recherche zum Thema Kunst noch auf Skulpturen aus Schrott, die lebendige Wesen darstellten, meist Tiere, kunstvoll aus Alteisen gefertigt. Ihr Schöpfer lebt und arbeitet in Varel-Rallenbüschen. Dessen „Yard Café" würde Arno gerne besuchen, doch wegen Corona war es natürlich geschlossen, ebenso wie der Veranstaltungssaal „Linde", der aus dem gleichnamigen Gasthaus entstanden war. Auf der Internet-Seite las Arno, dass dieser Krug schon seit 150 Jahren Bestand hatte, usprünglich unter dem Namen „Zum Lustgarten Rallenbüschen".

Lustgarten, bei diesem Wort musste Arno unwillkürlich an den riesigen Granitpenis denken, der unterhalb des alten Kurhauses in Dangast an der Flutlinie stand. „Begegnung der Geschlechter" hatte der Künstler sein Werk genannt und tatsächlich umarmte die weibliche Flut alle zwölf Stunden den männlichen Fels in der Brandung. Wie lange würde der das wohl aushalten? Wer von beiden würde den Sieg davontragen?

Arno hatte einmal ein Drabble über Sandburgen geschrieben und dabei auch an das Spiel „Vier gewinnt" gedacht. „Drabbles – a word game for 2 to 4 players" hieß der Sketch von Monty Python, auf den solche aus genau einhundert Wörtern bestehenden Texte zurückgehen.

„Ein Spiel für vier Freunde am Nordseestrand, ein jeder nimmt sein Schippchen in die Hand. Es gilt eine Burg zu bauen, so groß und schön, dass man auch nach der Flut noch kann sie sehn. Nur Sand und Schlick darfst du zum Bau verwenden, bis die Flut kommt, musst du die Burg vollenden.

Vier stolze Festungen zieren schließlich das Watt,
Doch jedes Mal macht die Flut sie wieder platt.
Noch niemand hat je dieses Spiel gewonnen,
Welchen Plan auch immer die Freunde ersonnen.
Man spielt Jahr um Jahr, die Zeit verrinnt,
Das Spiel, es heißt ja auch: Das Meer gewinnt!"

Also würde in jedem Fall die See gewinnen! Männer sind im Grunde das schwächere Geschlecht, das hatte Arno schon immer geahnt. Gut, dass er sich nie darauf eingelassen hatte, eine Frau zu heiraten.

# Sinophobie

Er war ein strohblonder Friesenjunge mit stahlblauen Augen, die einem Missetäter schon Respekt beibringen konnten. Seiner Körperhaltung merkte man den Kampfsporthintergrund an. Edo war ein durchaus ernst zu nehmender Gegner für Schurken aller Art und man durfte ihn keinesfalls unterschätzen.

Es deutete sich an, dass die Ausgangsbeschränkungen wohl bis zum 3. Mai verlängert würden und der Streifenpolizist rechnete damit, regelmäßig in Dangast eingesetzt zu werden. Obwohl er gar keinen Auftrag hatte, in der Sache Ferienhausleiche zu ermitteln, fragte er Etta, ob sie bei einschlägigen Nachforschungen mitmachen würde, wenn man schon einmal in Dangast sei. Sie war einverstanden, denn so hatte sie gemeinsam mit ihrem Kollegen auch ein wenig Abwechslung, während ansonsten hier am Jadebusen - und nicht nur hier - alles wie ausgestorben war.

Er musste immer wieder an den Jadekaiser denken, der vielleicht mehr wusste, als er der Polizei gesagt hatte. Edo selbst würde Herrn Kriminalkommissar Harms auch nicht viel erzählen, dafür war der nicht nett genug. Aber als ehemaliger Kampfsportschüler konnte der ehrgeizige junge Beamte von seinem früheren Lehrer vielleicht mehr erfahren.

Über das Kung Fu gab es eigentlich einen ganz guten Draht zu Dr. Rasmus Oncken. Edo hoffte, dass sein Sensei, auch wenn das eigentlich eine japanische Anrede war, sich noch an ihn erinnerte. Immerhin hatte der Polizist in seiner Jugend einige Jahre sehr intensiv im Dojo, auch das Wort kommt aus dem Japanischen, trainiert. Zeitweise gehörte er im Kung Fu Kader sogar zu den großen Hoffnungen des Wushu. Wieder musste Edo über dieses Wort schmunzeln, dabei heißt es doch einfach nur „Kriegskunst".

Etta warf ein: „Beim letzten Mal hast du aber gesagt, Wushu sei eine Sammelbezeichnung für chinesische Kampfkünste und Gesundheitssport."

Edo antwortete: „Das ist auch richtig so, aber das Wort an sich bedeutet Kriegskunst."

Etta lachte: „Aha, Taktik und Strategie hätte mein Opa gesagt. In Sachen Ferienhausleiche müssen wir uns jetzt auch was in der Richtung überlegen."

Edo fühlte sich jetzt schon ganz als Stratege und erklärte weitschweifend: „Herr Kommissar Harms hat alles richtig und vorschriftsmäßig gehandhabt. Dienstlich ist ihm nichts vorzuwerfen. Frau Dr. Liebermann hat ihrerseits getan, was sie konnte. Der Obduktionsbericht ist einwandfrei. Multiples Organversagen ohne Fremdeinwirkung steht als Todesursache fest. Die Identität des Toten bleibt ungeklärt."

Etta zog ein erstes Fazit: „Unterm Strich kann man damit wenig anfangen."

Edo stimmte ihr zu: „An höherer Stelle sieht man das wohl genauso. Das Polizeikommissariat Varel setzte pflichtgemäß die Polizeiinspektion Wilhelmshaven/ Friesland in Kenntnis. Der Leiter der dortigen Bereitschaftsmordkommission wollte den Fall nicht übernehmen, informierte aber die Polizeidirektion Oldenburg, von wo aus als Zentralstelle für Aufgaben der Kriminalitätsbekämpfung schließlich noch das Landeskriminalamt Niedersachsen den Fall einer Prüfung unterzog."

Etta zeigte sich trotz der umständlichen Ausführungen des Kollegen weiterhin interessiert und fragte: „Welche Antwort oder Reaktion kam von ganz oben?"

Der Streifenpolizist wurde nun ein wenig kleinlaut. „Da habe ich natürlich auch keinen direkten Einblick, aber der Fall landet wohl in der niedersächsischen X-Akte. Angesichts der Herausforderungen der Corona-Krise dürfte er inzwischen keine besondere Priorität mehr haben."

X-Akte, das fand Etta nun wieder spannend. Sie rief mit unerwarteter Lautstärke: „Hey, ich bin Dana Scully und du bist Fox Mulder, was geht?"

Edo spielte mit und fuhr fort: „Wenn wir das richtig anpacken, dann dürfte so einiges gehen. Ich werde dem Jadekaiser mal eine WhatsApp schicken."

Etta fragte: „Und was willst du ihm schreiben? Du fällst doch hoffentlich nicht gleich mit der Tür ins Haus!"

Edo sagte nur: „Sinophobie."

Etta fragte nach: „Wie bitte?"

Edo: „Ich könnte mich nach seinen möglichen Erfahrungen mit Corona-Rassismus erkundigen. Sinophobie nennt man die Angst vor Chinesen. In der Kolonialzeit entstand Ende des 19. Jahrhunderts der Begriff ‚Gelbe Gefahr' und erlebte in den 70er Jahren des 20. Jahrhunderts eine Wiederbelebung im Hinblick auf das kommunistische Regime des Mao Tse-tung. Wenn in der Corona-Krise sogar ein amerikanischer Präsident bewusst vom Wuhan-Virus spricht, hört sich das doch sehr rassistisch an."

Etta: „Rechtsextremismus, Fremdenfeindlichkeit und Rassismus, dagegen sollen wir als niedersächsische Polizei ja vorgehen. Ich verstehe, warum du diesen Aufhänger wählst."

Edo schrieb also eine entsprechende WhatsApp an Dr. Oncken und erhielt umgehend eine Antwort: „Sinophobie, ja, früher als Schüler gab man mir den Spitznamen Fu Man Chu, dem chinesischen Bösewicht aus den Romanen des Sax Rohmer. Es gab über diesen Schurken ja auch jede Menge Filme. Auf dem Schulhof riefen sie manchmal ‚Die gelbe Gefahr!', wenn sie mich kommen sahen. Das war aber alles harmlos und im Zusammenhang mit der Corona-Pandemie haben weder meine Co-Trainerin noch ich hier in Dangast irgendwelche Probleme gehabt. Danke der Nachfrage."

Das las sich ja ganz locker. Doch wie weiter?

Edo äußerte eine etwas abenteuerliche Idee: „Auf dem Kommissariat sprechen sie doch nur noch von dem

Dänen. Vielleicht sollten wir unseren Blick tatsächlich mal nach Dänemark richten."

Etta sagte dazu nur: „Ja klar, aber da haben sie bestimmt schon längst angefragt, ob irgendein Däne vermisst wird."

Edo aber sprach weiter: „Von unseren Darknet-Fahndern habe ich bei einer der letzten Fortbildungen erfahren, dass in den letzten Wochen ein altes Video aus Dänemark wieder angeboten worden sein soll. Bis jetzt ist das Ganze aber nur ein Gerücht."

Etta lachte: „Toll! Wen interessieren denn alte Videos aus Dänemark?"

Edo hatte sich gut informiert: „Retro-Pornos zum Beispiel, aus den späten 60er und den 70er Jahren, dafür gibt es mehr Interessenten, als man glaubt. Dänemark hat als erstes Land der Erde mit einem Reichstagsbeschluss vom 30. Mai 1969 die Bildpornographie legalisiert, und zwar mit Vierfünftelmehrheit und der obligatorischen Unterschrift des Königs."

Etta stichelte: „Du Streber! Übertreibst du es nicht ein wenig mit deinen Recherchen?"

Edo fuhr unbeirrt fort: „In Deutschland waren bis 1975 das Anbieten und die Verbreitung von Pornografie verboten, so dass es etwa sechs Jahre lang einen lukrativen Schmuggel illegaler Bildpornographie aus Dänemark gab. Mitte der 70er Jahre mussten die einschlägigen Produzenten in dem skandinavischen Nachbarland aber dann härtere Ware anbieten, um gegenüber der Konkurrenz im Geschäft zu bleiben."

Etta fragte nach: „Ehrlich gesagt, ich interessiere mich überhaupt nicht für Pornos. Was hat denn das mit dem toten Dänen zu tun?"

Edo schaute geheimnisvoll drein und sagte: „Abwarten! Was jetzt wieder im Darknet angeboten werden soll, ist ein seit langem geheimnisumwitterter Film, der angeblich im Jahre 1979 in Kopenhagen gedreht wurde."

Darauf Etta: „Was zeigt denn dieser Film so Geheimnisvolles?

Edo wurde sehr ernst und sagte: „So ziemlich das Schlimmste, was man sich überhaupt vorstellen kann. Eine Frau wird auf übelste Weise geschändet und dabei vor laufender Kamera langsam und grausam umgebracht. Die Handlung ist nicht nur gespielt und das Mordopfer ist eine junge Chinesin."

Etta sah noch immer keine Verbindung zu der Dangaster Ferienhausleiche. Das Stichwort Chinesin allerdings ließ sie an Jenny Chen und Dr. Rasmus Oncken denken. Da kam ihr eine Idee: „Sag mal, Edo, Dr. Oncken wurde doch adoptiert?"

Das hatte sich Edo natürlich auch schon überlegt und erklärte die Hintergründe: „Ja, und seine Mutter soll Chinesin gewesen sein. Er hat uns damals erzählt, dass die Adoptiveltern ihm das gesagt hatten, als er vierzehn wurde. Die Identität der Mutter wurde jedoch nie offengelegt. In Wilhelmshaven gab es jedoch den Fall einer spurlos verschwundenen Asiatin von attraktivem Äußeren, die ursprünglich aus Hongkong stammte und 1979 nach Dänemark gereist, aber nie zurückgekehrt war."

Etta erkundigte sich: „Hat die Frau lange in Wilhelmshaven gelebt?"

Die Antwort kam prompt: „Ja, einige Jahre schon. Sie soll auch Mutter eines Säuglings gewesen sein, der wohl anonym zur Adoption freigegeben wurde. Der

107

dänische Produzent des Films dürfte jetzt etwa achtzig Jahre alt sein."

Etta schwirrte der Kopf und sie rief: „Ich verstehe, worauf du hinauswillst. Wenn die Ferienhausleiche für den grausamen Tod von Dr. Onckens biologischer Mutter verantwortlich war und der Filmproduzent außerdem noch viel damit Geld verdient hat, dann hätten wir ein klassisches Motiv. Traust du dem Jadekaiser so etwas zu?"

Edo murmelte: „Keine Ahnung, so gut kenne ich ihn jetzt auch wieder nicht."

Etta fragte nach: „Wenn er es aber war, wie kann Dr. Oncken am Mörder der Chinesin seine späte Rache genommen haben, ohne irgendwelche Spuren zu hinterlassen?"

# Butjadinger Yachtclub

In der Marina Fedderwardersiel, die zum Zuständigkeitsbereich des Polizeikommissariats Nordenham gehört, welches seinerseits der Polizeiinspektion, die für Delmenhorst, Oldenburg-Land und die Wesermarsch zuständig ist, untersteht, war die dänische Yacht namens „Crown" ebenfalls registriert worden. Am 20. Februar, einem Donnerstag, hatte sie mit ihrer Besatzung, zwei handfesten jungen Männern, einer aufgetakelten Frau unbestimmten Alters sowie einem alten Haudegen mit Goldkette, einem verwitterten Lebegreis, der die besten Jahre schon lange hinter sich hatte, an Bord für Aufsehen gesorgt, bevor sie offenbar Kurs in den Jadebusen Richtung Dangast genommen hatte.

Am 25. Februar, dem Dienstag zwischen Rosenmontag und Aschermittwoch, war die „Crown" wieder da, doch der alte Mann fehlte. Der war wohl in Dangast abhandengekommen. Hauptkommissarin Dörthe Hagen, die Dienststellenleiterin des Polizeikommissariats Nordenham, wusste so genau darüber Bescheid, weil sie außerdem die Stellvertretende Vorsitzende des BYC, also des Butjadinger Yachtclubs war und in Kreisen der Skipper darüber gesprochen wurde.

Kein gutes Haar hatte man an der Besatzung und den Passagieren der offenbar gecharterten dänischen Yacht gelassen. Nur die beiden jungen Männer gingen überhaupt von Bord, wohl um Einkäufe zu machen, vor allem Alkohol in nicht unerheblicher Menge, erzählten die Augenzeugen. ‚Rotlichtmilieu' war noch einer der netteren Ausdrücke, die zur Charakterisierung der Fremden benutzt wurden. Dass der alte Mann beim zweiten Anlegen der Yacht nicht mehr an Bord zu sein schien, verleitete einige Mitglieder des Butjadinger Yachtclubs sogar dazu, sich in haltlosen Spekulationen über einen möglichen Mordfall zu verlieren.

Das passte zu der Anfrage, die aus dem benachbarten Polizeirevier kam und an die Dienststellenleiterin des Polizeikommissariats Nordenham adressiert war. Der Absender Udo Harms war für Dörthe ein alter Bekannter und es hatte in der Vergangenheit einige mittelschwere Auseinandersetzungen gegeben. Seitdem sie beide befördert worden waren und ihre Reviere aneinandergrenzten, war ihr Verhältnis nicht einfacher geworden. In Udos Augen war Dörthe bloß eine Quotenfrau, das hatte er ihr sogar persönlich ins Gesicht gesagt, und außerdem hielt er sie für eine fanatische Feministin. In ihren Augen war er ein alter Sturkopf, dem man jedes Wort aus der Nase ziehen musste. Mit dieser Einschätzung lag sie richtig, während Udo, was seine Sicht auf ihre Person betraf, ein Opfer seiner eigenen Vorurteile war. Darauf hatte sie ihn schon mehrfach hingewiesen, aber ohne Erfolg.

Dass ausgerechnet Udo Harms als Dienststellenleiter des Polizeikommissariats Varel sie in dieser Angelegenheit eines Tages um Amtshilfe bitten und sogar das LKA bei ihr in Nordenham anfragen würde, hatte Dörthe sich nicht träumen lassen, sonst hätte sie sich viel genauer mit dieser dänischen Yacht namens „Crown" und deren zahlenmäßig schwankender Besatzung beschäftigt. Immerhin konnte sie mit der Identität des alten Dänen aufwarten. Wie ihr aus Kopenhagen bestätigt wurde, handelte es sich um einen ehemaligen Filmproduzenten, der scherzhaft auch als der dänische Pornokönig bezeichnet wurde. Viele Jahre seines Lebens hatte er als Filmschaffender im sogenannten Sexploitation-Genre gewirkt. Also konnte sich die Hauptkommissarin denken, welche Sorte Filme der Dirty Old Man aus Dänemark seinerzeit produziert haben mochte. Darum sollte sich ihr Vareler Kollege kümmern. Mit „Swienskroam und so nem Schiet", wie sie es nannte, damit wollte die gute

Dörthe nichts zu tun haben, wenn es sich irgendwie vermeiden ließ.

# Der Maschinenbaustudent

Aus Wilhelmshaven hatte man Udo Harms eine alte Fallakte auf den Schreibtisch geschickt. Diese sollte er gewissenhaft prüfen und anschließend nach Hannover weiterleiten, natürlich versehen mit einem ausführlichen Bericht und seiner Stellungnahme. Es ging um die 1979 spurlos verschwundene Chinesin, welche zuvor in Wilhelmshaven gewohnt hatte.

Ein damaliger Student im Fachbereich Maschinenbau der Fachhochschule Wilhelmshaven war offenbar der einzige den Ermittlern bekannte Vertraute der jungen Frau. Auf seine Aussage stützte sich auch die Annahme, dass diese seinerzeit zu Filmaufnahmen nach Dänemark gefahren sei. Näheres dazu hatte sie ihrem Freund Lars Olbricht damals leider auch nicht mitgeteilt. Überhaupt konnte er, der nicht gemeinsam mit der jungen Frau in ihrer kleinen Wohnung, sondern im Studentenwohnheim lebte, nur wenige brauchbare Auskünfte geben. Auf großen Messen habe die junge Chinesin als Hostess gearbeitet, ab und zu hätten Vertreter der Modebranche sie als Model für den Laufsteg gebucht. Immer wieder sei sie mit meist unbekanntem Ziel verreist, vorwiegend zu Fototerminen irgendwelcher Art. Erzählt hatte sie ihrem Lars nur das Nötigste und er, der sie offenbar bedingungslos liebte, gab sich damit wohl oder übel zufrieden. Anders formuliert, er fand sich mit ihrer verschlossenen Art ab.

Udo Harms erinnerte sich sofort an die bezaubernde „Lotus Lady" aus der letzten Chorprobe seiner Shanty Shouters. Dazu fielen ihm die passenden Verse ein:

When we first met, she was like a queen,
Away, boys, away-o!
Prettiest little thing I'd ever seen.

She'd flashing eyes and long black hair,
Away, boys, away-o!
All I could do was stand and stare.

Genau so muss es dem Maschinenbaustudenten damals ergangen sein. Wenn es einen jungen Mann so richtig erwischt hat, dann setzt der Verstand komplett aus. Aus eigener Erfahrung konnte sich der Hauptkommissar noch daran erinnern.

Was war eigentlich die Fachhochschule Wilhelmshaven, die es in dieser Form schon lange nicht mehr gab? Udo Harms verschaffte sich Klarheit. Vor deren Gründung im Jahre 1971 studierte man Maschinenbau an der 1961 errichteten staatlichen Ingenieurakademie. Das alles ist längst Geschichte. Von 2000 bis 2009 existierte dann ein Zusammenschluss der Fachhochschulen Oldenburg, Ostfriesland und Wilhelmshaven. Im Jahre 2009 wurde schließlich die heutige Jade Hochschule gegründet.

Und was ist aus dem ehemaligen Studenten Lars Olbricht geworden, der jetzt achtundsechzig Jahre alt sein müsste? Nun verstand Udo Harms auch ein wenig besser, weshalb man gerade ihn mit diesen Nachforschungen betraut hatte, denn Lars Olbricht lebte ganz in der Nähe, und zwar in einem Pflegeheim auf dem Gebiet der Gemeinde Varel. Dorthin ließ sich der Hauptkommissar telefonisch durchstellen.

„Sie sprechen mit Udo Harms vom Polizeikommissariat Varel. In einer dringenden Ermittlungssache möchte ich gerne ein Treffen mit Ihrem Heimbewohner Lars Olbricht vereinbaren."

Die Antwort war ernüchternd.

„Wir bedauern sehr, dass im Zusammenhang mit der Corona-Pandemie jeglicher direkte Kontakt unserer Heimbewohner mit der Außenwelt untersagt ist. Das gilt sogar in Ihrem Fall."

Der Hauptkommissar sah ein, dass solche Vorsichtsmaßnahmen sinnvoll und berechtigt waren.

„Können Sie Herrn Lars Olbricht dann bitte ans Telefon holen?"

Die darauf folgende Reaktion ließ den Hauptkommissar endgültig resignieren.

„Leider befindet sich Herr Lars Olbricht in einem dermaßen fortgeschrittenen Stadium seiner Alzheimererkrankung, dass er nicht mehr dazu in der Lage ist, mit Ihnen zu sprechen."

Udo Harms bedankte sich höflich für diese deprimierende Auskunft und schrieb seine Erkenntnisse in den Bericht, der für das LKA in Hannover bestimmt war. In der von ihm geforderten Stellungnahme betonte er die seiner Einschätzung nach völlige Aussichtslosigkeit irgendwelcher Bemühungen, in diesem alten Fall noch etwas Neues herauszufinden. Es handelte sich definitiv um einen Cold Case.

# Das Seepferdchen

Arno Calvelage hatte es wieder getan. Er war nach Dangast gefahren, um trotz des Corona-Lockdowns vor Ort für seinen geplanten Kriminalroman zu recherchieren. Ein weiterer Grund für die Tour bestand darin, dass in Cloppenburg bei dem Discounter, wo Arno immer sein Toilettenpapier kaufte, alle Vorräte erschöpft waren. Der Schriftsteller durfte also nicht vergessen, unterwegs irgendwo Klopapier zu kaufen, sonst drohte ihm ein akuter Notstand. Seinen Fiat Panda hatte er aber dieses Mal vorsichtshalber außerhalb der Ortschaft abgestellt und sich zu Fuß auf den Weg gemacht.

Wo die Straße An der Rennweide von der Edo-Wiemken-Straße abzweigt, blickte Arno in Richtung Jadebusen auf einen derzeit verwaisten Campingplatz hinab, hinter dem er das Wasser schimmern sah. Der Kopf eines zwei Meter achtzig hohen Seepferdchens, das sich nicht weit entfernt von Arno in die Höhe reckte, wies in die gleiche Richtung. Arno war auf dieses neue Kunstwerk, das erst 2019 hier aufgestellt worden war, durch seine Vorab-Recherche natürlich vorbereitet. Er wusste, dass die russische Künstlerin Antonia Fatkhullina das Seepferdchen im Rahmen eines Symposiums zum Thema Recycling, veranstaltet vom ortsansässigen Diedel Klöver, geschaffen hatte, und zwar mit Metall und Felssteinen aus dem alten Belag der Oldenburger Straße in Varel. Das war im Sommer 2018 in Varel-Rallenbüschen, wo sich Diedel Klövers Wohnsitz und Werkstatt befinden und die Skulptur anschließend in der dortigen Yard-Art-Ausstelung gezeigt wurde. Ja, wenn Arno all sein angelesenes Wissen in seinen Krimi einfließen ließe, wäre das im Ergebnis wohl ein schwerer Fall von Info-Dumping.

Aber Arno wusste sogar noch mehr. Dort, wo sich jetzt schon seit Langem ein Campingplatz befand, war früher die alte Rennbahn von Dangast. Pferderennen hatten dort stattgefunden und mit dem Seepferdchen war jetzt wieder eine Art Pferd an den Platz zurückgekehrt. So ähnlich hatte es auch die NWZ (Nordwest-Zeitung) geschrieben. Schade, dachte Arno, dass er selbst nicht der Urheber dieser originellen Anmerkung sein konnte. Trotzdem musste er bei dem Gedanken an ein Seepferd-Rennen schmunzeln, auch wenn dieses Seepferdchen hier einen sehr ortsgebundenen Eindruck machte. Schließlich hatte man das arme Tier einfach festgeschraubt.

Wenn Arno das Fischlein doch nur fragen könnte, welche aufschlussreichen Beobachtungen es seither hatte machen können. Bestimmt ließe sich etwas davon für einen Kriminalroman verwenden. Er wusste nicht, wie recht er damit hatte, denn in der Nacht vom sechsten auf den siebten April hatte das Seepferdchen zu mitternächtlicher Stunde tatsächlich einen Geist gesehen. Die Gestalt eines Greises mit einem unglaublich bleichen Gesicht wankte mit unsicheren Schritten in Richtung Ortsmitte. In die Gesichtszüge hatten sich die Spuren eines Lebens voll schändlicher Taten eingegraben. Eine Aura von Schuld und Sühne umgab die Erscheinung. Die qualvolle Erinnerung an ein unfassbares Verbrechen, einstmals begangen mit voller Absicht und ohne Skrupel, ließ keinen Raum mehr für sonstige Regungen.

Leider musste der aus Metall und Stein geformte Meeresbewohner all seine Beobachtungen für sich behalten, denn auch wenn Arno spürte, dass da etwas gewesen sein musste, war die Kommunikation zwischen Kunstwerk und Betrachter doch sehr unvollkommen. Immerhin hatte sich Arno Gedanken über mögliche symbolische Bedeutungen gemacht und war bei seinen Recherchen auf das Stichwort „Wahrnehmung" gestoßen. Tatsächlich kann ein Seepferdchen seine beiden Augen unabhängig voneinander bewegen.

So kam es, dass es mit dem rechten Auge immer noch das sich unerträglich langsam bewegende und wie ferngesteuert wirkende Gespenst beobachtete, während das linke Auge den Jadekaiser, einen alten Bekannten, den das Seepferdchen schon häufig gesehen hatte, ins Visier nahm. Er folgte dem unheimlichen Greis behutsam in einiger Entfernung. Welcher Zusammenhang da bestand, das wusste selbst ein kluges Seepferdchen nicht zu sagen.

Dr. Rasmus Oncken hatte seinerseits die Statue immer mit Freude betrachtet, denn in der chinesischen Überlieferung galt das Seepferdchen als eine Art Drache und stand gleichermaßen für Macht und Glück. Es war für ihn als Qi-Gong-Experten ein sehr machtvolles Symbol. Wer den Drachen zu zähmen versteht, wird unangreifbar und Rasmus, das war unbestreitbar, wusste den Drachen zu reiten. Mit ungeheurer Gedankenkraft und der Kunst der Energieführung begleitete der Meister den todgeweihten Greis auf seinem letzten Gang. Doch dies würde für immer ein Mysterium bleiben. Arno Calvelage jedenfalls ahnte von alledem nichts. Er setzte seinen Weg fort, um den Dangaster Kunstpfad und die Geheimnisse der Künstlergruppe „Die Brücke" zu erkunden.

# Ein großer Unbekannter

Am 16. April ging gegen zehn Uhr morgens ein Anruf beim Kommissariat Varel ein, der wieder Bewegung in den bisher ungeklärten Fall bringen sollte. Aufmerksame Einwohner von Dangast hatten einen Fremden gesehen, der in der Störtebekerstraße Ferienhäuser fotografierte. Er war zu Fuß unterwegs. War das der große Unbekannte, der in diesem Fall die Lösung bringen würde?

Kurz nach dieser Meldung kam eine weitere Nachricht aus dem Seebad. Man hatte „An der Rennweide" einen bärtigen Mann dabei beobachtet, wie er in auffälliger Weise um das derzeit geschlossene Fischrestaurant „Haus Gramberg" herumschlich. Die Beschreibung passte zu dem Fotografen, der in der Störtebekerstraße gesichtet worden war. Etta und Edo sollten der Sache nachgehen, also umgehend nach Dangast fahren und nach dem Fremden Ausschau halten.

Es dauerte nicht lange, da trafen sie auf einen alten Bekannten, der gerade das „Hullmann'sche Haus", An der Rennweide 3 gelegen, in Augenschein nahm. Es war niemand anderes als der Berufsschriftsteller und

Krimiautor aus Cloppenburg. Sogar an den Namen Arno Calvelage erinnerte sich Etta noch.

„Moin", rief Edo und wurde amtlich, „um eine weit-räumige Ausbreitung des Virus möglichst zu verhin-dern, bleiben Bürgerinnen und Bürger aufgefordert, generell auf private Reisen zu verzichten. Das gilt auch im Inland und für überregionale tagestouristische Aus-flüge. Ein Cloppenburger wie Sie hat hier in Dangast also nichts verloren."

Ehrlich gesagt, hatten die beiden Streifenpolizisten schon damals an der Straßensperre ein seltsames Gefühl gehabt, als sie den wichtigtuerischen Schrift-steller nach Hause geschickt hatten.

Dieser zeigte sich empört. „Wie ich Ihnen schon beim letzten Mal erklärt habe, bin ich kein Tagestourist, sondern übe hier meinen Beruf aus. Ich schreibe an einem Kriminalroman, der einen Mord in einem Ferienhaus in Dangast zum Gegenstand hat. Dazu muss ich unbedingt vor Ort recherchieren, sonst kann das nichts werden."

„Das ist nun aber wirklich interessant!", rief Edo über-rascht. „Ein Mord in einem Ferienhaus! Wenn sie das Presseportal der Polizeiinspektion Wilhelmshaven/

Friesland verfolgen würden, was eigentlich zu den Aufgaben eines gewissenhaften Autors gehören sollte, dann wüssten Sie, dass in Dangast tatsächlich ein toter Mann in einem Ferienhaus aufgefunden wurde. Ich war persönlich dabei und meine Kollegin hier hat die Leiche sogar entdeckt."

Etta nickte und Edo kam zum Schluss seiner Ausführungen und machte sich bereit zum Schreiben. „Wir werden von Ihnen jetzt kein Bußgeld fordern, sondern gleich eine Anzeige aufnehmen. Dann soll an anderer Stelle darüber entschieden werden, ob sie nicht auch als Verdächtiger in dem Fall des Toten im Ferienhaus geführt werden und nicht nur, ob es sich jetzt um einen touristischen Ausflug oder um Berufstätigkeit handelt. Halten Sie sich in jedem Fall zu unserer Verfügung!"

Nachdem der Sachverhalt vorschriftsmäßig erfasst und notiert war, nahmen sie Herrn Calvelage in ihrem Streifenwagen mit und brachten ihn zu seinem roten Fiat zurück, den er außerhalb der Ortschaft abgestellt hatte.

# Neue Normalität

Mit der Meldung über mehr als 4000 Todesopfer, die das Corona-Virus inzwischen in Deutschland gefordert hatte, ging es in das erste Wochenende nach Ostern. In ganz Europa hatte die Zahl der Covid-19-Infektionen die Millionengrenze überschritten. Der Freitag war der 17. April und damit waren nach dem grausigen Fund, den Etta im Ferienhaus in der Schmidt-Rottluff-Straße gemacht hatte, schon zehn Tage vergangen. Zwar konnte die Identität des Toten inzwischen geklärt werden, aber die Umstände seines Ablebens blieben nach wie vor rätselhaft.

Der 20. April war dann schon wieder ein Montag und dieser Tag brachte erste Lockerungen für die brachliegende deutsche Wirtschaft und den Einzelhandel. Man sollte sich einstellen auf eine neue Normalität. Um einen weiteren Lockdown zu verhindern, war jedoch Vorsicht geboten und das Tragen von Gesichtsmasken und eventuell sogar Handschuhen würde bald zum Alltag gehören.

Währenddessen kritisierte die Bundeskanzlerin in scharfer Form „Öffnungsdiskussionsorgien" im Lande. Man dürfe das Erreichte, wie zum Beispiel die gesunkene Reproduktionsrate von nur noch 0,7, nicht leichtfertig aufs Spiel setzen. Die Ansteckungsrate müsse unbedingt unter eins bleiben.

In Dangast änderte sich wenig, denn auf Reisen sollte weiterhin verzichtet werden. Restaurants durften nur Außer-Haus-Service anbieten und Schwimmbäder, Fitnessstudios und folglich auch das „Daoistische Zentrum" des Dr. Oncken blieben geschlossen.

Edo hatte seine waghalsigen Spekulationen doch nicht ganz für sich behalten können. Über Udo Harms vom Kommissariat Varel und das 1. Fachkommissariat des Zentralen Kriminaldienstes in Wilhelmshaven wurde die haarsträubende Geschichte von der Hinrichtung des achtzigjährigen dänischen Pornoproduzenten und der damit in Dangast ausgeübten Selbstjustiz bis nach Hannover zum Landeskriminalamt Niedersachsen weitergetragen. Dort prüfte man Edos Hypothese und stellte fest, dass die Fakten stimmten, auf denen sie beruhte. Es war inzwischen Mittwoch und die Zahl der Corona-Toten in Deutschland hatte die Marke von 5000 überschritten.

# Die Dienstfahrt

Der auf Cold-Case-Ermittlungen und grenzüberschreitende Kriminalität spezialisierte Kriminaloberrat Dr. Thorsten Kettler mit der Erfahrung von gut dreißig Dienstjahren war der geeignete Experte beim Landeskriminalamt, um die Ermittlungen in der Sache Dangaster Ferienhausleiche zu leiten. Bevor sich der graumelierte Beamte des höheren Dienstes auf Dienstreise begab, nahm er sich noch Zeit, einige Informationen über die Geschichte des kleinen Küstenortes zu sammeln. Diese stellte sich als interessanter heraus, als Kettler zunächst befürchtet hatte.

„Die erste Siedlung, welche schon seit dem 11. Jahrhundert bestand und sogar ein friesischer Häuptlingssitz war, fiel der Groten Mandrenke im Januar 1362 zum Opfer. Dangast wurde nach dieser verheerenden Sturmflut, die auch unter dem Namen Zweite Marcellusflut bekannt ist und dem Jadebusen seine heutige Form gab, etwas weiter südlich auf einer kleinen Anhöhe, einem Geestrücken, neu aufgebaut. So entstand der berühmte deichlose Meerblick, wie er an der deutschen Nordseeküste sehr selten zu finden ist. Zum südlichsten und zugleich ältesten deutschen Nordseebad wurde Dangast durch die Initiative des

Reichsgrafen Gustav Friedrich von Bentinck, der um 1800 ein Seebad nach englischem Vorbild anlegen ließ."

Als sie am Donnerstag dann nach Varel fuhren, erzählte Dr. Kettler seiner jungen Kollegin, die am Steuer des Dienstwagens saß, von der altehrwürdigen Vergangenheit des Seebades Dangast. Er versuchte auch, witzig zu sein, als er behauptete, das Lied „Shape of My Heart" von Sting aus dem Jahre 1993 sei so aktuell wie nie und sang ihr amüsiert die entscheidenden Worte aus dem Songtext vor: „I'm not a man of too many faces / The mask I wear is one".

Über Langenhagen ging es nach Norden auf die A 7, wo bald eine endlos scheinende Autobahnbaustelle das Vorwärtskommen behinderte. Abgesehen davon herrschte in diesen Coronazeiten ein erstaunlich geringes Verkehrsaufkommen. Man sah fast keine PKW, denn Privatreisen fanden so gut wie nicht statt. Die Sonne schien vom wolkenlosen Himmel und es fühlte sich fast an wie eine Fahrt in den Urlaub.

Um nach Westen zu gelangen, mussten sie erst auf die A 27 abbiegen, vor Bremen dann für ein kurzes Stück auf der A 1 fahren, bevor sie auf der A 29 an Delmenhorst und Oldenburg vorbei schließlich nach Varel gelangten und vor dem dortigen Kommissariat Halt machten. Die ganze Fahrt hatte nur zwei Stunden und zehn Minuten gedauert, an einem normalen Wochentag eigentlich undenkbar, aber jetzt herrschte halt eine neue Normalität mit freien Autobahnen und billigem Kraftstoff. Mehr als 150.000 Menschen hatten sich inzwischen infiziert, aber davon waren mehr als 100.000 bereits wieder genesen.

Charlotte Voss war nicht nur eine ausgezeichnete Fahrerin, sondern auch die beste Profilerin, welche das Landeskriminalamt vorzuweisen hatte. Außerdem praktizierte sie selbst seit Jahren Tai Chi und Qi Gong, weshalb sie für diesen Fall geradezu ideale Voraussetzungen mitbrachte. Jeweils am letzten Samstag im April wird der Welt-Tai-Chi-Tag veranstaltet. Dass dieser jetzt in zwei Tagen nicht stattfinden könne, wäre zum Beispiel ein gutes Thema, um Dr. Rasmus Oncken aus der Reserve zu locken.

Erst aber stand eine Dienst- und Lagebesprechung mit Kommissar Udo Harms, den Streifenpolizisten Etta Frerichs und Edo Janssen, der Gerichtsmedizinerin Dr. Eva Liebermann aus Oldenburg und natürlich auch der kompletten Bereitschaftsmordkommission der Polizeiinspektion Wilhelmshaven/Friesland an. Es waren also in den Räumlichkeiten des Polizeikommis-

128

sariats Varel so gut wie alle versammelt, die mit dem fraglichen Fall bisher näher zu tun gehabt hatten.

Frau Voss und Herr Dr. Kettler, der während der Fahrt coronabedingt auf der Rückbank gesessen hatte, um einen größeren Abstand zu seiner Kollegin zu wahren, zogen sich Einweghandschuhe an und nahmen frische Mund- und Nasenmasken, von denen man ihnen in Hannover einen beachtlichen Vorrat mitgegeben hatte, in die Hand. Dann stiegen sie aus und legten den Gesichtsschutz an, bevor sie an der Pforte des Kommissariats klingelten.

Alle Beteiligten trugen Masken und Handschuhe. Man hielt jeweils zwei Meter Abstand voneinander. Trotz der grotesk erschwerten Bedingungen kam man schnell zu Ergebnissen. Die alten Akten zu dem Fall der 1979 spurlos verschwundenen Chinesin, die ihren Wohnsitz in Wilhelmshaven hatte, lagen ebenso vor wie ein Bericht über illegale Pornographie in den späten 60er und den 70er Jahren. Die dänisch-norddeutsche Schmugglerszene und die Namen damals aktiver Pornoproduzenten waren akribisch dokumentiert. Dass besagte Chinesin 1975 im Klinikum Wilhelmshaven einen Sohn zur Welt brachte, der zur Adoption freigegeben wurde, ließ sich ebenso nachweisen. Ob es sich dabei um den von dem Ehepaar

Oncken adoptierten Rasmus handelte, ließ sich allerdings nicht mehr ermitteln, aber auch nicht ausschließen.

In Hannover hatten die Darknet-Fahnder und Experten für Cyber-Crime leider eingestehen müssen, dass es sich bei dem dänischen Snuff-Video von 1979 womöglich nur um ein Gerücht handelte. Niemand war den Ermittlern bekannt, der diesen ominösen Film je mit eigenen Augen gesehen hätte. Angeblich gab es im Darknet eine Möglichkeit zum extrem teuren Download, aber nur auf ausdrückliche Einladung. Gestreamt wurde das Material jedenfalls nicht. Auch in der Vergangenheit war die Existenz eines solchen Films immer ein Mythos geblieben, denn keinem Vertreter der Polizei oder der Justiz war es je gelungen, das brisante Material zu sichten.

Im Ergebnis lief die Besprechung auf dem Polizeikommissariat Varel darauf hinaus, dass nach der bereits erfolgten Ausschöpfung aller herkömmlichen Möglichkeiten nun ein Undercover-Einsatz am zielführendsten erschien. Vorgesehen dafür war Charlotte Voss, die in der Rolle einer Journalistin Kontakt zu Dr. Rasmus Oncken, dem einzig verbliebenen Verdächtigen, aufnehmen sollte

Sollte sie mit ihrem Versuch scheitern, so würden die Staatsanwaltschaft und niedersächsische Polizei wohl endgültig sagen: „Enough is enough". Unsauber ausgesprochen klang das wie „enough snuff". Nicht jeder im Raum fand diese abschließende Bemerkung, zu der sich Kriminaloberrat Dr. Kettler hinreißen ließ, besonders lustig.

# Welt-Tai-Chi-Tag

Ein Anruf genügte und Dr. Oncken erklärte sich sofort zu einem Treffen auf dem Kunstpfad vor dem alten Kurhaus bereit. Mit ihrem Presseausweis war es für Kati Fuchs, wie sich Charlotte für diesen Einsatz nannte, kein Problem, trotz der coronabedingten Sperre bis auf den Waldparkplatz am Kurhaus zu fahren und das Auto im Schatten der mächtigen Bäume abzustellen. Es war zehn Uhr früh am Freitag, dem 24. April, und die Luft noch etwas kühl. Singvögel zwitscherten in den Baumkronen munter um die Wette. Von der See her mischte sich der eine oder andere schrille Schrei einer Möwe in das Konzert.

Nur wenige Schritte waren es bis zum vereinbarten Treffpunkt. Mit zwei Metern Abstand durften auch fremde Personen miteinander sprechen, also war alles ganz legal und für die Zielperson völlig unverdächtig. Thema des Interviews sollte der morgige Welt-Tai-Chi-Tag sein. Wie ließ sich dieser in Zeiten von Covid-19 angemessen begehen?

Von hier oben hatte man einen herrlichen Blick über die Weite des Jadebusens. Es herrschte Niedrigwasser und das Watt lag ausgebreitet da. In der Ferne ließ sich der Arngaster Leuchtturm erkennen. Direkt unterhalb des Weges ragte am Strand die „Begegnung der Geschlechter" des verstorbenen Oldenburger Künstlers Eckart Grenzer in die Höhe. Dr. Oncken sah mit Interesse, wie Katis aufmerksamer Blick auf den steinernen Phallus gerichtet war.

„Ich betrachte dieses beeindruckende Kunstwerk auch immer wieder."

Unvermittelt wurde die Undercover-Polizistin von einer angenehmen Männerstimme aus ihren Gedanken gerissen. Sie hatte nicht gehört, wie sich der hochgewachsene Eurasier genähert hatte. Das hätte ihr als Profi nicht passieren dürfen und sie ärgerte sich ein wenig darüber, bereits jetzt schon versagt zu haben. Zugleich wurde sie daran erinnert, dass sie es mit einem Meister seiner Kunst zu tun hatte, so katzenhaft geschmeidig und lautlos, wie er sich zu bewegen verstand.

Dr. Oncken sprach weiter: „Erst einmal darf ich sie natürlich herzlich begrüßen an diesem verlassenen Ort. Um auf das Werk des Oldenburger Künstlers Eckart Grenzer zurückzukommen, für mich ist es eine Parabel. Wer wird gewinnen? Am Ende besiegt die See den Stein, so hart und massiv er auch sein mag."

„Herr Dr. Oncken, philosophieren können wir gerne noch später. Erst einmal geht es mir um den morgigen Welt-Tai-Chi-Tag, der natürlich auch Qi Gong mit einschließt. Ihr Studio ist ja geschlossen, so wie alle anderen Fitnesseinrichtungen auch. Wie kann man in Zeiten von Corona den Welt-Tai-Chi-Tag angemessen begehen?"

Damit war Kati Fuchs, eigentlich ja Charlotte Voss, nun beim eigentlichen Thema des Interviews, wenn auch ihre wahren Absichten auf ganz etwas anderes abzielten.

Dr. Oncken zögerte nicht mit seiner Antwort und sagte: „In unserem Zentrum haben wir ein kleines Aufnahmestudio improvisiert, um von dort aus online in Echtzeit streamen zu können. Der Welt-Taji-Tag 2020 wird ganz überwiegend digital stattfinden."

Sie gelangten an eine Treppe, die den gemauerten Steindeich hinabführte, und erreichten den Strand. Die junge Profilerin freute sich, den Sand unter ihren Füßen zu spüren. Nach einigen Schritten auf die Flut-kante zu drehten sie sich um und blickten zurück zum alten Kurhaus, dessen efeubewachsene Front mit den drei markanten Rundbogenfenstern, von denen weitere vier mit ihren weißen Rahmen und Fenstersprossen aus der roten Seitenwand des Gebäudes hervorstachen, einen romantischen Eindruck vermittelte. Das galt insbesondere in Verbindung mit den Baumwipfeln des hohen Geestwaldes, der sich mit seinem frischen, frühlingshaften Grün über die gesamte Länge des Steindeiches hinzog.

An diesem verzauberten Ort, wo Wald und Meer einander so nah waren wie kaum irgendwo an der deutschen Nordseeküste, fiel es der Undercover-Ermittlerin beinahe schwer, professionell und fokussiert zu bleiben. Auch hatte Dr. Rasmus Oncken mit der machtvollen Aura eines Qi-Gong-Meisters seine Wirkung auf sie nicht verfehlt. Ganz gegen ihren Willen fühlte sie sich zu ihm hingezogen.

In ihrer Rolle als Journalistin Kati Fuchs stellte sie nun die nächste Frage: „Wie soll denn das Streaming im einzelnen ablaufen? Haben Sie ein Programm festgelegt oder möchten Sie lieber improvisieren?"

Die letzte Frage konnte nur rhetorisch gemeint sein, denn nach ihrem ersten Eindruck von Dr. Oncken hielt Charlotte es für ausgeschlossen, dass dieser Mann eine solche Aktion nicht bestens vorbereitet haben könnte. So war es dann auch.

Zum Auftakt wollte der Meister nach der Begrüßung der Teilnehmer und Zuschauer einige Tai-Chi-Lockerungsübungen zum Mitmachen zeigen, anschließend würde er selbst die Kameraarbeit übernehmen, während seine attraktive Co-Trainerin Jenny Chen die Fünf Elemente und die Acht Brokate durchführen sollte, ebenfalls dazu gedacht, zu Hause umgesetzt zu werden.

Hier konnte die Profilerin einhaken, denn natürlich war sie mit den entsprechenden Übungen bestens vertraut: „Holz entspräche der Jahreszeit, die wir jetzt haben. Dieses Element steht doch für Wut, wenn ich die Lehre der Fünf Wandlungsphasen richtig verstanden habe?"

Dr. Oncken lächelte: „Wut allein, das wäre nun doch etwas zu stark vereinfacht. So wie der Frühling eine Zeit des Aufbruchs ist, so entwickelt sich aus dem, was sie gerade als ‚Wut' bezeichnet haben, ein Handlungsimpuls."

Seine Gesprächspartnerin lachte: „So habe ich das bis jetzt noch nicht gesehen, aber natürlich leuchtet mir diese Vorstellung unmittelbar ein. Wenn ich so richtig wütend bin, habe ich oft auch besonders viel Energie."

„Genau", fuhr Dr. Oncken fort, „dadurch wird das Feuer entfacht, womit wir schon beim nächsten Element wären. Aus kraftvoller Aktion erwächst Freude, das Element des Feuers steht für den Sommer, der sich ansatzweise mit der westlichen Vorstellung eines Freudenfeuers vergleichen lässt."

„Ich verstehe, mit dem Metall, dem Wasser und der Erde verhält es sich so ähnlich. Das ist mir zumindest in den Grundzügen bekannt, aber jetzt würde ich gerne hier am Strand die Acht Brokate einmal praktisch durchgehen, wenn es Ihnen nichts ausmacht."

So kam es, dass am menschenleeren Dangaster Strand ein einzelner Mann und eine junge Frau aus Hannover sich in die altüberlieferten Übungen des Ba Duan Jin vertieften. Sie stützten den Himmel mit den Händen, spannten den Bogen, hoben die Hände, blickten hinter sich, ballten die Fäuste, ließen den Kopf kreisen und schwenkten das Gesäß, um das Feuer des Herzens zu beruhigen. Zum Schluss wurde dann noch mehrmals kräftig gerüttelt, wodurch hundert Krankheiten vertrieben werden sollten.

Tatsächlich fühlte sich Charlotte, die hier als Kati unterwegs war, nach den unter der Leitung des erfahrenen Meisters durchgeführten Acht Brokaten auf wundersame Weise gestärkt und erfrischt. Die frische Meeresluft trug zur besseren Sauerstoffversorgung des ganzen Körpers bei und auch der Geist war wunderbar klar und wach.

# Arno schreibt um

Seine Recherchetour an den Jadebusen war ja wohl ein Satz mit „x" und das gleich in mehrfacher Hinsicht. Die beiden Streifenpolizisten hatten den Berufsschriftsteller und erfolgreichen Krimiautor zurück nach Cloppenburg geschickt, bevor er seine Arbeit in Dangast beenden konnte.

Dort hatte man doch tatsächlich eine Leiche in einem der Ferienhäuser gefunden und damit seine geniale Idee vom Ferienhausmörder torpediert. Jetzt konnte er die Geschichte nicht mehr so schreiben, wie er sie sich ursprünglich zurechtgelegt hatte. Egal, dann ist der Tatort halt kein Ferienhaus, sondern es wird im Wohnmobil gemordet. Ein klarer Vorteil ist hier die Mobilität im Gegensatz zur Immobilie. Arno war von seinem Wortwitz begeistert und geriet in Fabulierlaune.

Die beiden jungen Streifenbeamten waren typische Küstenkinder, er sah diesen Mann und auch die Frau genau vor sich. Gegen beide hegte er immer noch einen erheblichen Groll. Zweimal hatten sie ihn wieder heimgeschickt, jetzt konnte er es ihnen tüchtig heimzahlen. Eine besonders schmutzige Sexgeschichte

wollte er ihnen andichten, so richtig üblen Schwein-
kram. Sie sollten beide mit heruntergelassenen Hosen
dastehen und sich wenigstens bis auf die Knochen bla-
mieren, wenn ihnen die ganze Angelegenheit nicht
gleich um die Ohren fliegen und den Hals brechen
würde. Die schöne Beamtenversorgung wäre futsch
und womöglich kämen beide ins Gefängnis. Was verurteilten Ex-Polizisten dann im Knast blüht, das kann
man sich ja leicht ausmalen.

Die Polizistin könnte er Frauke nennen. Sie trifft auf
eine sich illegal in Deutschland aufhaltende Asiatin
und lockt die junge Migrantin, deren Vertrauen sie
zuvor arglistig erschlichen hat, in eine üble Falle.
Frauke und Ubbo, so will Arno den blonden Polizei-
meister nennen, teilen eine gemeinsame Leidenschaft
für BDSM. Ubbo beginnt ohne Umschweife damit,
die arglose junge Frau zur Sexsklavin abzurichten. Der
Vorgesetzte der beiden Streifenpolizisten kommt den
brutalen Übeltätern aber schnell auf die Schliche und
damit ist deren Schicksal besiegelt. Die Asiatin wird
gerettet und heiratet aus Dankbarkeit den Hauptkommissar, der sie befreit hat. Damit ist dann auch ihre
Aufenthaltserlaubnis in Deutschland gesichert.

Arno war sich sicher, seine Leser damit begeistern zu
können. Dem unfehlbaren Hauptkommissar Enno

Abel, dem Helden vom Teufelsmoor, käme die Aufgabe zu, den zwei versauten Jungspunden einen kräftigen Einlauf zu verpassen. Bei dieser Vorstellung besserte sich die Stimmung des Schreiberlings zusehends. Eine asiatische Sexsklavin auf Abruf und zur freien Verfügung, eigentlich gar keine so schlechte Idee, überlegte der eingefleischte Junggeselle und musste dabei unwillkürlich grinsen. Ja, Arno hatte oft schlimme Fantasien, deshalb war er wahrscheinlich auch Krimiautor geworden. Im wahren Leben war er jedoch ganz harmlos. Jetzt aber brauchte er neue Ideen, um sein Buchprojekt zu retten, dass durch Corona und andere Umstände, wie zum Beispiel die tatsächlich in Dangast aufgefundene Ferienhausleiche, schon fast zum Scheitern verurteilt war.

# Brainstorming

Während er an seinen eigenen Krimis arbeitete, warf Arno natürlich auch den einen oder anderen Blick auf bereits existierende Werke. In einer Art Brainstorming versuchte er sich jetzt an Themen und Motive zu erinnern, die ihm als Anregung dienen könnten. Da war zum Beispiel der Fall des ermordeten Sportlehrers an einem Gymnasium, für ihn im Moment aber gar nicht zu gebrauchen. Auch eine mysteriöse Selbstmordserie unter Jugendlichen passte so überhaupt nicht ins Konzept, eher schon Todesfälle während einer Filmproduktion am Deich. Ein Film über die Dangaster Kunstszene als Retrospektive, wobei dann auch alte Rechnungen beglichen werden! Etwas mit Landwirtschaft wäre ebenfalls nicht schlecht, Rinder und Schweine gab es ja am Jadebusen jede Menge. Gefälschte Bioprodukte oder die Vertuschung eines Fleischskandals, solche Themen boten sich geradezu an. Etwas urbaner wäre ein Sabotagefall in einer Wilhelmshavener Ölraffinerie, vielleicht verbunden mit einer schweren Umweltkatastrophe im Jadebusen. Arno sah schon das Schweröl im Wattenmeer herumschwappen und gruselte sich selbst bei dieser Vorstellung. Da fiel ihm spontan ein, dass vielleicht ein ermordeter Naturschützer eine feine Sache wäre.

Ein Feuerteufel oder Pyromane käme aber auch gut. Erst brennen nur Strohballen und marode Schuppen, doch dann braucht der Wahnsinnige einen stärkeren Kick und das Unheil nimmt seinen Lauf. Vielleicht ist der Täter ja selbst Mitglied bei der örtlichen Feuerwehr, da wäre er nicht der erste. Oder, ein insolventer Unternehmer wird ermordet und natürlich hat eine zwielichtige Geliebte ihre Finger im Spiel. Vielleicht aber war es die betrogene Ehefrau, welche die Lebensversicherung kassieren wollte? Irgendetwas mit der Mafia, ob italienisch, russisch oder friesisch, damit ließe sich auch arbeiten. Leider haben das schon so viele gemacht. Eher noch ein Guru oder Schamane mit finsteren Absichten, das regt die Fantasie an. Ja, Fantasie war jetzt gefragt, denn Arno wusste noch immer nicht, was für einen Krimi er schreiben wollte.

Der Hauptkommissar Enno Abel musste natürlich wieder gut in Szene gesetzt werden. Diesen Ermittler betrachtete der Schriftsteller als sein Kapital und seine Geheimwaffe. Vielleicht besaß Enno ja den Sportbootführerschein See und war ein erfahrener Segler? Arno träumte von dramatischen Szenen auf der stürmischen Nordsee bei mindestens Windstärke elf und einem brutalen Mord im Skippermilieu. Showdown wäre dann im Yachthafen von Dangast. Die

Seenotretter sowie die Küstenwache und die Wasserschutzpolizei bekämen alle ihren Auftritt.

Aber auch ein Arzt, der illegale Medikamentenversuche durchführt, wäre eine interessante Figur. Erst gibt es Todesopfer unter seinen Patienten, dann wird der Mediziner selbst umgebracht. Warte mal einen Moment, Vorsicht! Mit so einem Thema würde man sich aktuell bei Impfgegnern und Verschwörungstheoretikern geradezu anbiedern. Dabei hoffte Arno doch, wie so viele andere auch, dass bald ein Impfstoff gegen dieses schreckliche Virus entwickelt und zugelassen würde. Angeblich hatten ja eine ganze Reihe von Pharmafirmen etwas in der Pipeline.

Irgendwie hatte Corona es tatsächlich geschafft, dass es nichts mehr gab, über das es sich für ihn zu schreiben lohnte. Auch Arnos Leben selbst war noch langweiliger geworden, obwohl schon vor der Pandemie wenig los war. So eine Schreibblockade wie zur Zeit hatte er aber noch nie erlebt. Sein Kopf schien überhaupt nicht mehr zu funktionieren.

# Was das LKA ermittelte

Kriminaloberrat Dr. Thorsten Kettler wartete schon ungeduldig auf die Ermittlungsergebnisse seiner Mitarbeiterin Charlotte Voss. Hatte sie den Hauptverdächtigen aus der Reserve locken können?

Nicht wirklich, stellte Dr. Thorsten Kettler resigniert fest. Ihm hätte der Verdächtige aber bestimmt noch weniger verraten und Charlotte hatte getan, was sie konnte. Auf seine biologische Mutter angesprochen, antwortete Dr. Oncken ihr, dass seine Eltern ihm, als er vierzehn Jahre alt war, gesagt hatten, dass es sich um eine Chinesin handelte. Mehr hatte er von ihnen nicht erfahren können. Ob er den Fall der 1979 in Dänemark verschollenen Chinesin aus Wilhelmshaven kannte, wollte die Profilerin noch wissen. Sie kam mit ihrer Frage jedoch nicht weiter und DNA-Material, das Klarheit hätte bringen können, hatte man 1979 nicht gesichert. Wer hätte damals auch vorhersehen können, dass die junge Frau nicht mehr aus Dänemark zurückkehren würde? Weshalb hätte sie seinerzeit überhaupt im Visier der Behörden sein sollen, von der Ausländerbehörde mal abgesehen?

Obwohl Dr. Oncken einen Schlüssel zu dem kleinen Ferienhaus der Jankowskis besaß, ein Umstand, der ihn verdächtig machte, konnten keinerlei Spuren seiner Anwesenheit in dem Gebäude nachgewiesen werden. Die glaubhaft vorgebrachte Aussage, er habe das Haus nie betreten, ließ sich nicht widerlegen. Bei der Einschätzung der Persönlichkeit dieses Hauptverdächtigen wunderte sich der Kriminaloberrat allerdings über die Fülle an Superlativen, die seine junge Kollegin in ihr Gutachten einbrachte. Gebildet, kultiviert, charismatisch, das waren noch die harmloseren Adjektive. Was hatte dieser Mann mit Charlotte Voss gemacht? War es vielleicht „Der wunderbare Mandarin" oder gar „Dr. Fu Man Chu", mit dem man es hier zu tun hatte? Dr. Thorsten Kettler amüsierte sich wieder einmal über seinen eigenen schrägen Humor. Eigentlich war es bloßer Sarkasmus aus tiefer Verbitterung darüber, dass man diesem Dr. Rasmus Oncken nicht das Geringste anlasten oder nachweisen konnte.

Der ursprünglich ebenfalls in den Fokus der Ermittlungen geratene Hausmeisterservice Hauke konnte endgültig von jedem Verdacht entlastet werden. Als Kuriosum wurde auch Arno Calvelage, der Kriminalschriftsteller aus Cloppenburg, in den Akten erwähnt. Wiederholt in Dangast auffällig geworden und an einem Schreibprojekt arbeitend, in dessen Mittelpunkt ein Ferienhausmord stehen sollte, hatte er sich vor allem durch seine hartnäckigen Rechercheversuche vor Ort verdächtig gemacht. Der Schreiberling war aber mit an Sicherheit grenzender Wahrscheinlichkeit nur ein harmloser Spinner.

Die Identität eines im Februar angeblich im Hafen Dangast aufgetauchten dänischen Skippers, der womöglich mit der Ferienhausleiche identisch gewesen sein könnte, war dank des Polizeikommissariats Nordenham und der dänischen Behörden, die aus Kopenhagen Auskunft erteilt hatten, zwar geklärt, aber die Shantyfreunde von Udo Harms konnten sich nur vage an den alten Mann in Dangast erinnern und was sie erzählten, klang eher nach Seemannsgarn als nach belastbaren Fakten, wie sie schließlich aus Nordenham geliefert wurden. Die in Dänemark gecharterte Yacht mit dem Namen „Crown" war seinerzeit in der Marina Fedderwardersiel registriert wurden. Hauptkommissarin Dörthe Hagen, die tüchtige Dienststellenleiterin des Polizeikommissariats Nordenham und gleichzeitig die Stellvertretende Vorsitzende des BYC, also des Butjadinger Yachtclubs, folgerte in ihrem Bericht, dass ein Passagier möglicherweise in Dangast verblieben sein könnte, denn der alte Mann, auch einschlägig bekannt als der dänische Pornokönig, welcher sich auf der Hinfahrt noch an Bord befand, war am 25. Feb-

ruar, als die „Crown" wieder in Fedderwardersiel fest-
machte, nicht mehr dabei.

# Tempel der Himmelsmeister

Jenny und Rasmus hatten in der Zeit der Ausgangs-beschränkungen lange Gespräche geführt. Dabei ging es nicht nur um das Buch, an dem er zur Zeit fleißig arbeitete, sondern auch um Fragen der Herkunft und des Werdegangs. Jenny stammte gebürtig aus Taipeh, war also Taiwan-Chinesin. Von klein auf war das Mädchen sehr sportlich, weshalb sie bei internationalen Wettkämpfen, unter anderem als Badminton-Spielerin, die Welt kennenlernte. So hielt es sie nicht lange in ihrem Heimatland, sondern sie ging als Achtzehnjäh-rige für sechs Semester an die Deutsche Sporthoch-schule nach Köln und blieb dann in Deutschland, nachdem sie im Fitnessbereich beruflich Fuß gefasst hatte. In Dangast fand sie ihre Bestimmung als Co-Trainerin für chinesischen Gesundheitssport und Mit-arbeiterin im Kampfsport-Dojo.

Rasmus erzählte von seinen Adoptiveltern, die ihm eine sorgenfreie Kindheit und vielfältige geistige Anregungen geboten hatten. Der Vater mit seinem ärztlichen Engagement war für den kleinen Jungen ein Vorbild, von dem er Gewissenhaftigkeit, Pflichterfül-lung und eine ethische Grundhaltung lernte. Die Adoptivmutter brachte ihn früh mit der Welt der

Bücher in Kontakt und legte den Keim für eine lebenslange Liebe zum Lesen und Studieren. Seit er im Alter von vierzehn Jahren sich seiner halb chinesischen Abstammung bewusst wurde, begann er sich leidenschaftlich für alles zu interessieren, was mit China zusammenhing. Natürlich hatte er auch versucht, etwas über die Identität und das Schicksal seiner leiblichen Mutter herauszufinden. Darüber mochte er mit Jenny jedoch nicht weiter sprechen. Er sagte nur: „Ich stelle mir vor, dass sie ebenso schön und vollkommen war wie du, eine wahre Himmelsprinzessin."

Immer, wenn Rasmus so etwas zu ihr sagte, wurde Jenny verlegen. Um schnell abzulenken, fragte sie nach seinen Fortschritten beim Schreiben des Buches. Es sei ein Problem aufgetaucht, gestand ihr der Jadekaiser. Eine der überlieferten Geschichten aus dem alten China, die er mit einbauen wollte, dürfe er jetzt doch nicht verwenden. Ihr aber könne er die Legende erzählen und dann würde sie verstehen, warum:

„Zur Zeit der Nördlichen Wei Dynastie lebte in einem der Himmelsmeister-Tempel ein Weiser, der bereits alle vier Stufen der Selbstvervollkommnung auf dem Weg zur Verwirklichung des Dào erklommen hatte. Zu diesem kam eines Tages ein Missetäter. Jener wusste nicht, dass eines seiner vielen Opfer die Mutter des Weisen gewesen war. Arglos fragte der inzwischen alt und zahm gewordene Schurke den Lo-Han, ob dieser ihm den Weg zum inneren Frieden weisen könne. Der Meister führte den Suchenden zu einem kleinen Haus und wies ihn an, alleine dort hineinzugehen. Vorher solle er aber all seine Kleider ausziehen und sich so von der schlimmen Vergangenheit lösen. Gehorsam tat der Missetäter wie ihm geheißen. Der alte Mann legte sich im Inneren der Hütte nackt wie ein Neugeborenes auf den Boden und die Lebensenergie verließ langsam seinen Körper. Sie strömte aus ihm heraus und zurück in das Universum. Damit hatte der Meister, dem die Kontrolle der Energieströme ein Leichtes war, den Ausgleich für vergangenes Unrecht herbeigeführt und das Gleichgewicht wiederhergestellt, welches der Schurke durch seine Verbrechen in schwere Unordnung gebracht hatte."

Jenny lief ein Schauder über den Rücken, als sie diese Geschichte hörte. Zweifellos handelte es sich dabei um eine überlieferte Legende aus der Zeit der Nördlichen Wei Dynastie, aber ebenso deutlich waren die Parallelen zu dem, was sich in dem kleinen Ferienhaus in Dangast zugetragen hatte. Natürlich konnte Rasmus diesen Text in seinem Buch nicht mehr verwenden. Man hätte ihn unweigerlich für den Tod des Unbekannten verantwortlich gemacht, auch wenn er damit vielleicht nichts zu tun hatte. In jedem Fall würde Jenny schweigen. Für ihren Teil hatte sie diese Geschichte nie gehört und würde mit niemandem darüber sprechen. Von dem Geist, der ihr an jenem Februarabend im hohen Geestwald begegnet war, hatte sie Rasmus ja auch niemals erzählt. Dieser wusste genau, dass seine Mitarbeiterin durch ihre traditionelle chinesische Erziehung in Taiwan gelernt hatte, wie man schweigt, sonst hätte er ihr die uralte Legende nicht vorgelesen.

Es war Mittwoch, der sechste Mai, und die Nutzung einer Zweitwohnung in Dangast ab jetzt wieder erlaubt. Das Recklinghauser Ehepaar Jankowski hatte allerdings die Freude an seinem Wohneigentum verloren.

Nun traten schrittweise Lockerungen der Maßnahmen im Zusammenhang mit der Corona-Krise in Kraft, die bis zu jenem Tag in ganz Deutschland mehr als siebentausend Todesopfer gefordert hatte, weltweit sogar mehr als eine Viertelmillion. Auch im Kreis Friesland war in den vergangenen zwei Monaten bei 35 Personen das Virus nachgewiesen worden. Es hatte dort einen Todesfall gegeben, vier Personen waren noch erkrankt, nur eine davon befand sich an diesem Mittwoch in stationärer Behandlung.

# Rund Kap Horn

Das unauffällige, aber gemütliche Haus, in welchem sich sowohl die Praxis als auch die Wohnräume des Hausarztes befanden, duckte sich mit dem tief nach unten gezogenen Walmdach wie vor einem drohenden Sturm. Auf seiner Rückseite befand sich ein großer Garten.

„Wie hat der alte Klaus Prigge gedichtet? ‚Sitt de Seelüd obens mol, so bi Grog un Beer / Ward vertellt so allerhand, as dat fröher weer‘, – das passt genau auf uns, so wie wir hier sitzen.“

Das sagte Dr. Eike Fischer zu seinem Freund, dem Hauptkommissar Udo Harms, als beide auf der Terrasse hinter dem Haus des Arztes saßen, natürlich mit zwei Meter Abstand zwischen den Stühlen. Auf dem Gartentisch gab es eine Kanne Tee, ein Sahnekännchen, die kleine Schale mit den unverzichtbaren Kluntjes und dazu leckeres Shortbread zum Knabbern. Eike gab noch den Hinweis: „Da hinten steht noch Rum aus Jamaika, falls du einen im Tee haben willst.“

Hier und heute fühlten sich die alten Haudegen so wohl wie lange nicht mehr. Es war am frühen Abend des 5. Juli und die Erinnerungen an die schöne Zeit vor Covid-19 wurden mächtig. Dass im November dann „Corona-Pandemie" von der Gesellschaft für deutsche Sprache zum „Wort des Jahres 2020" gekürt werden würde, ahnte man in diesen Sommertagen noch nicht. Der Hauptkommissar sprach: „Weißt du noch, wie wir immer so schön gesungen haben mit den Shanty Shouters?"

Udo Harms wurde ganz wehmütig. Sein Freund Eike aber hatte eine frohe Kunde: „Es ist geplant, dass wir in zwei Wochen wieder singen, im Freien, ganz coronakonform. Ein kleiner Auftritt bei dem Friesendom wird jetzt, wo die Fallzahlen so stark gesunken sind, für uns möglich werden. Entschuldige mich bitte für einen Moment."

Dr. Eike Fischer holte schnell sein Schifferklavier, damit die Sangesbrüder ihre Stimmen schon einmal in Schwung bringen konnten:

„Sitt de Seelüd obens mol, so bi Grog un Beer
   Ward vertellt so allerhand, as dat fröher weer
   Seemansgarn, mol fin, mol groff, ward denn kräftig spunn'n
   Wenn 't nich ümmer Wohrheit is, denn is dat eb'n erfunn'n.

Refrain:

Un denn segelt wi so langsam rund Kap Horn

Un de See, de steiht von Achtern und von Vorn

Un de Storm, de weht ut Ost, West, Süd un Nor'n

Un denn segelt wi so langsam rund Kap Horn."

Auch wenn es nicht so ganz den strengen Kriterien für die Auswahl der Songs entsprach, die zum Repertoire der Shanty Shouters Varel gehörten, sangen die Freunde dieses Lied an jenem Abend sehr gern. Sein Text habe eine tiefe Bedeutung, erklärte Eike:

„Ich denke mir, mit Corona ist das wie mit der Umsegelung von Kap Horn. Bei so einer Umrundung, die ja nicht einfach ist, muss der Seemann auf Strömungen und wechselnde Winde achten und ständig wachsam sein. Wenn der Orkan tobt, steht er seinen Mann oder geht unter."

Udo antwortete: „Die erste Welle haben wir ja wohl geschafft, aber wann erwischt uns die zweite? Ich fürchte, das ist noch nicht vorbei, obwohl das manche glauben."

Der erfahrene Hausarzt stimmte dem Polizeibeamten zu: „Ja Udo, vielleicht helfen die Alltagsmasken ein wenig. Gerade habe ich erfahren, dass das Wort

‚Schnutdauk' durch eine Jury des Fritz-Reuter-Museums in Stavenhagen zur schönsten Plattdeutsch-Neuschöpfung des Jahres 2020 gewählt wurde. ‚Schnutenpulli' wäre ja nur halb plattdeutsch, wird sich aber wahrscheinlich eher durchsetzen."

Udo dachte wehmütig an den dicken Hein und seine Frau. Bald würde der Prozess wegen des Maskendiebstahls sein. „Unseren Hein werden wir im Chor vermissen. Aber eines Tages kommt er auch wieder zurück. Wenn er seine Strafe bekommen hat, dann ist alles vergeben und vergessen. Es tat mir wirklich leid, dass ich ihn damals festnehmen musste."

„Jeder von uns hat seine Pflicht zu erfüllen." Mehr wollte Eike dazu nicht sagen. Dieser Fall war für ihn abgeschlossen und er hatte ja nichts damit zu tun gehabt, abgesehen davon, dass es sich bei Hein um einen Sangesbruder aus dem Shantychor handelte. Doch die Leiche im Ferienhaus, welche er gemeinsam mit Frau Dr. Liebermann in Augenschein genommen hatte, beschäftigte ihn noch immer. Ganz offensichtlich war der alte Mann ohne erkennbare Fremdeinwirkung zu Tode gekommen, doch konnte das eigentlich überhaupt nicht so gewesen sein. Niemand, auch kein dänischer Pornokönig, stirbt völlig unbekleidet in einem fremden Haus, ohne dass irgendwo seine Kleidungsstücke aufzufinden wären, vor allem nicht in einer kalten Aprilnacht! Jetzt war bereits der fünfte Juli und in dem Fall hatte es keinerlei Fortschritte gegeben.

„Jemand muss die Kleidungsstücke an sich genommen und beiseitegeschafft haben. Es dürfte also eine weitere Person beteiligt gewesen sein, auch wenn ihr keine Spuren im Haus gefunden habt."

Udo merkte, dass Eike das Thema gewechselt hatte. Der Hauptkommissar sprach: „Einen Spökenkieker hätten wir gebraucht, denn das kann alles nicht mit rechten Dingen zugegangen sein. Wo hat sich denn unser greiser Pornokönig in den sechs Wochen vom 25. Februar bis zum 7. April aufgehalten? Noch so ein Rätsel, das niemand lösen kann!"

Eike antwortete rasch: „Spökenkiekerei, du sagst es! Da braucht einer schon das Zweite Gesicht. Vielleicht war es ja der Klabautermann!"

„Eher schon der Jadekaiser!", fiel Udo ihm ins Wort. „Die berechtigte Vermutung, dass Dr. Rasmus Oncken in den Fall involviert sein könnte, ließ sich jedoch auch mit der größten Anstrengung nicht verifizieren."

Dazu fiel dem Arzt etwas ein: „Von diesem Oncken soll in Kürze ein neues Buch erscheinen mit dem interessanten Titel ‚Die Magie des Dào'. Vielleicht werden wir dort Antworten finden."

„Magie, das trifft es ziemlich gut. Mir war dieses Qi Gong nie ganz geheuer. So ein Chinamann hat doch immer irgendwelche Tricks auf Lager, bei denen wir einfach nicht durchblicken." – Hier lachte Udo ein wenig resigniert.

Eike ergänzte die Ausführungen mit der Bemerkung: „Nicht nur bei so einem Chinamann, sondern auch angesichts geheimnisvoller und verführerischer Frauen wie der Lotus Lady aus dem Yangtse River Shanty ist unsereins ratlos. Weißt du noch, wie wir dieses Lied im Februar gesungen haben? Meinst du, dass die armen Seeleute eigentlich immer wussten, worauf sie sich beim Landgang in Schanghai einließen? Das war damals bestimmt weniger gemütlich als in Hamburg auf der Reeperbahn."

Inzwischen hatten die beiden Shantybrüder schon reichlich von dem guten Rum genossen und der gemütliche Abend auf der Terrasse neigte sich dem Ende zu. Trotz der sommerlichen Jahreszeit setzte

schließlich doch die Dämmerung ein und es wurde
kühler im Garten.

# Das AHA-Konzert

Die Vareler Shanty Shouters konnten tatsächlich wie geplant vor dem Friesendom in Dangast singen, bei dessen Entwurf sich der Bildhauer Eckart Grenzer von der Rungholt-Sage hatte inspirieren lassen. So entstand ein Mahnmal für Menschen und Siedlungen, die in der Vergangenheit großen Sturmfluten zum Opfer fielen. Die „Grote Mandrenke", was mit „großes Ertrinken" übersetzt werden kann, trug wesentlich zum Entstehen des Jadebusens bei. Das war im Januar 1362, aber die Bedrohung der Nordseeküste durch das Meer besteht bis heute.

Für die Schulkinder in ganz Niedersachsen hatten die Sommerferien begonnen. Der Hochsommer ließ die Pandemie fast vergessen. Es war am Sonntag, dem 19. Juli, als der Shantychor seinen choronagerechten Auftritt vor dem Friesendom hatte. Einheimische, Ausflügler und einige Nordseeurlauber hatten sich dort eingefunden. Es war eine vorherige Anmeldung über das Internet erforderlich gewesen, um die Zahl der Zuhörer zu begrenzen.

Die Sänger hielten nach allen Seiten zwei Meter Abstand zu ihren Sangesbrüdern, auch das Publikum hielt sich an die Regel, mindestens 1,5 Meter Abstand zu den Mitmenschen zu halten. So wurde die erste Bedingung der AHA-Regel eingehalten, denn das erste A stand für den geforderten Abstand. Das zweite A bezeichnete die Alltagsmasken, die von den Zuhörern in bunter Vielfalt getragen wurden. Man konnte viele maritime Motive oder auch den Schriftzug „Moin" sehen, der Fantasie schien bei der Gestaltung der Masken keine Grenzen gesetzt. Durch zwei mobile Stationen zum Desinfizieren der Hände wurde auch den in der AHA-Formel enthaltenen Hygienemaßnahmen Rechnung getragen.

So wurde es ein fast normales Konzert. Neue Normalität herrschte auch, was die Vorbereitung anging, denn die Proben für das erste Lied des Auftritts, welches neu in das Repertoire aufgenommen worden war, hatten online stattgefunden. Es handelte sich um den „Wellerman", dessen Refrain wunderbar in die Zeiten der Pandemie passte: „Soon may the Wellerman come to bring us sugar and tea and rum."

Statt „Wellerman" musste man einfach nur „Amazon" einsetzen und schon ergab sich ein aktueller Bezug. Während viele Unternehmen wirtschaftliche Einbußen hinnehmen mussten, boomte der Versandhandel.

Das „Yangtse River Shanty" aus der letzten regulären Chorprobe vom 23. Februar folgte als zweites Lied. Udo Harms dachte wieder an den armen Maschinenbaustudenten, der in den siebziger Jahren sein Herz an die spurlos verschwundene Chinesin verloren hatte. „Leave her, Johnny, leave her!" Das wollte ihm der Hauptkommissar mit den Worten des nächsten Shanties noch nachträglich zurufen, auch wenn in dem Text eigentlich keine Frau, sondern ein Schiff gemeint war. Die Emotionen des Polizeibeamten schlugen hohe Wellen. So war das jedes Mal bei ihm, wenn er mit dem Shantychor auftrat.

# Die zweite Welle

„Camper aus Cloppenburg ist in Dangast unerwünscht". So lautete die Schlagzeile auf der Titelseite der Münsterländischen Tageszeitung am Montag, dem 21. September. Der auf Seite neun folgende Artikel rief in Arno Calvelage ungute Erinnerungen wach. Am Samstag war jemandem aus Cloppenburg der Zugang zu einem Dangaster Campingplatz verweigert worden. Arno dachte an seine zum Scheitern verurteilten Rechercheversuche im Frühjahr, als der Badeort am Jadebusen für auswärtige Besucher komplett gesperrt war. Drohte im Zuge der zweiten Pandemiewelle ein erneuter Dangast-Lockdown?

Aktuell war der Kreis Cloppenburg im Vergleich aller Landkreise in Deutschland am stärksten von der Corona-Pandemie betroffen. 158 Coronafälle im Landkreis waren eine ganze Menge bei rund 170.000 Einwohnern. Die 7-Tagesinzidenz erreichte den offiziellen Rekordwert von 63,9. Seit dem 6. Mai hatte sich die Zahl der Todesopfer weltweit vervierfacht und fast die Millionengrenze erreicht. Allein in Deutschland hatte Corona bisher 9.386 Menschenleben gefordert.

Arno Calvelage saß in seinem Arbeitszimmer und blickte zurück auf die Wochen im März und April, als man ihn auf dem Höhepunkt der sogenannten ersten Welle während des Lockdowns nicht im Nordseebad Dangast recherchieren ließ. Damals hatte er ganz sicher geglaubt, dass es bis zum Herbst mit dem Corona-Spuk vorbei sein würde. Jetzt war er eines Besseren belehrt, obwohl, von besser konnte keine Rede sein. Es war noch viel schlimmer gekommen, als Arno und viele andere befürchtet hatten. Dabei war das erst der Beginn einer zweiten Welle. Am 10. Oktober würde die 7-Tagesinzidenz im Kreis Cloppenburg mehr als einhundert Fälle betragen und für Reisende aus diesem Hotspot herrschte andernorts ein weitgehendes Beherbergungsverbot.

Seinen nicht zustande gekommenen Kriminalroman konnte Arno als Kollateralschaden der Pandemie verbuchen. Nach wie vor fand er es kurios, dass genau zu dem Zeitpunkt, als er selbst über einen Mord in einem Ferienhaus nachgedacht hatte, tatsächlich ein Toter in einem solchen gefunden wurde. Bei der Aufklärung dieses Vorfalls rund um die Leiche des nackten alten Mannes aus Dänemark hatte sich die niedersächsische Kriminalpolizei nach Arnos Meinung nicht gerade mit Ruhm bekleckert. Ein ungeklärter Tod mit womöglich natürlicher Ursache soll es gewesen sein. Da lachen doch die Hühner! Enno Abel, der Hauptkommissar aus Arnos Worpswede-Krimi, hätte einen solchen Fall im Alleingang aufgeklärt, mit oder ohne Corona-Lockdown. Letzterer kam gerade als Teil-Lockdown wieder zurück.

Im Rahmen dieses Déjà-vu musste Jenny Chen am Montag, dem zweiten November, ihr „Qigong-Zentrum" in Dangast erneut schließen. Der prägnante Name war Jennys Idee, als sie nach dem plötzlichen Tod des Studiogründers die Leitung übernehmen musste. Dr. Rasmus Oncken hatte sie zu seiner Alleinerbin und Nachfolgerin gemacht. Inzwischen kannte die junge Frau auch den geheimen Meditationsraum hinter der Regalwand im Keller.

Dr. Rasmus Oncken hatte sich in Hamburg mit dem Virus infiziert und erlag dort nach nur wenigen Tagen auf der Intensivstation einem plötzlichen Herztod. Das Buch mit dem Titel „Die Magie des Dào" hatte er nicht selbst herausgegeben, sondern bei einem renommierten Hamburger Verlag unterbringen können. Anlässlich des offiziellen Veröffentlichungstermins war er vor drei Wochen in die Hansestadt gereist, um dort sein Hauptwerk persönlich der Öffentlichkeit vorzustellen. Die heikle Passage war im letzten Moment doch noch in das Buch aufgenommen worden. Jetzt konnte sie zwar keinen Schaden mehr anrichten, aber ein Schauder lief Jenny immer noch über den Rücken.

„Zu dem Lo-Han kam eines Tages ein Missetäter. Jener wusste nicht, dass eines seiner vielen Opfer die Mutter des Weisen gewesen war. Arglos fragte der inzwischen alt und zahm gewordene Schurke den Meister, ob dieser ihm den Weg zum inneren Frieden weisen könne."

In dem kleinen Garten vor dem Dangaster Qigong-Zentrum waren prachtvolle Chrysanthemen erblüht. Diese Zierde des Herbstes, die goldenen Blumen, wie die Übersetzung des botanischen Namens lautet, galten im alten China als Symbol für Mut, ein langes Leben, Bescheidenheit, Vornehmheit und ewige Liebe. Jenny sah in ihnen ein Zeichen ihrer Zuneigung für Rasmus Oncken über den Tod hinaus. Ein langes Leben war ihrem verehrten Lo-Han leider nicht vergönnt gewesen. Er starb, bevor er seinen sechsundvierzigsten Geburtstag erleben konnte, als eines der inzwischen weit mehr als zehntausend Corona-Opfer in Deutschland. Auch Lars Olbricht, der ehemalige Maschinenbaustudent, war nicht mehr am Leben. Davon ahnte Jenny natürlich nichts. Sie hatte diesen Namen nie gehört.

Am Dienstag, dem 17. November 2020, stattete der Landkreis Friesland die Ordnungsämter aller seiner Kommunen mit plattdeutschen Hinweisschildern aus. So konnte man auch im Nordseebad Dangast fortan lesen: „Snutenpulli - dat mutt!".

# Epilog

Wenn der routinierte Schriftsteller Arno Calvelage seinen geplanten Kriminalroman tatsächlich geschrieben hätte, dann bestimmt mit mindestens einem richtigen Mord, wobei der Täter ermittelt und gefasst worden wäre. Hauptkommissar Enno Abel als Protagonist hätte am Ende den hinterhältigen und gerissenen Mörder zur Strecke gebracht. Dieser Antagonist wäre natürlich nicht sofort als solcher erkennbar gewesen, sondern eine Fülle falscher Spuren in bester Whodonit-Manier hätten Ermittler und Leserschaft in die Irre geführt, bis gerade noch rechtzeitig, bevor ein weiteres Verbrechen geschehen kann, der Schurke erkannt wird. Wieder einmal ein Wettlauf gegen die unbarmherzig tickende Uhr!

Im Gegensatz dazu bleibt in „Stilles Dangast" sogar die Frage offen, ob man im Zusammenhang mit der Leiche im Ferienhaus überhaupt von einem Mord sprechen kann. Es scheitert nicht nur Hauptkommissar Udo Harms, sondern der gesamte Polizeiapparat tappt im Dunkeln.

Auch wenn Arno Calvelage frei erfunden ist, so gibt es doch mindestens eine Gemeinsamkeit zwischen ihm und mir selbst. Die Recherche vor Ort ist für uns beide unverzichtbar. Genau hier kommt nun die Pandemie ins Spiel. Als ich zu Beginn des Jahres 2020 den Entschluss gefasst hatte, mich an einem Regionalkrimi zu versuchen, entschied ich mich für Dangast am Jadebusen. Dieser Schauplatz liegt eine gute Autostunde von meinem Wohnort entfernt und folglich plante ich, mich dort im Laufe des Jahres häufig aufzuhalten und die gesammelten Eindrücke in mein Projekt einfließen zu lassen. Dann aber erging es mir ähnlich wie dem Kriminalschriftsteller aus Cloppenburg.

So wurde schließlich die Covid-19-Pandemie, deren Entwicklung ich von Tag zu Tag genau beobachten konnte, zum wichtigen Thema. Allerdings fielen die in vielen Kriminalromanen üblichen Szenen in Gaststätten und Kneipen weg. Gespräche und Begegnungen waren coronabedingt stark eingeschränkt, ebenso wie die Ausübung regionaler Bräuche wie zum Beispiel das Entzünden eines Osterfeuers.

Dafür sind aber neben Arno Calvelage und Udo Harms noch eine Reihe weiterer Figuren entstanden, die in zukünftigen Jadebusenkrimis eine Rolle spielen können. Die Küstenkinder Etta Frerichs und Edo Janssen etwa, die gemeinsam auf Streife gehen und sich ihre ganz eigenen Gedanken zu dem mysteriösen

Kriminalfall machen. Hauptkommissarin Dörthe Hagen begegnet Udo Harms auf Augenhöhe und könnte ihm bei zukünftigen Ermittlungen sogar den Rang ablaufen. Ein Wiedersehen mit Charlotte Voss und Dr. Thorsten Kettler vom LKA Hannover stelle ich mir ebenfalls sehr vielversprechend vor. Auch die Arbeit der Rechtsmedizinerin Dr. Eva Liebermann aus Oldenburg wird vielleicht wieder einmal am Jadebusen benötigt werden. Nicht vergessen werden darf der Vareler Shantychor, in dem auch der dicke Hein aus Dangastermoor sowie Udos Freund und Hausarzt Dr. Eike Fischer aktiv sind. Somit könnte „Stilles Dangast" mit einigem Glück zum Pilotroman einer ganzen Reihe werden.